「……あ、…」

舌が出て行ってしまい、おのずと声が漏れる。 （本文より抜粋）

DARIA BUNKO

東京センチネルバース -蛇恋は不夜城に燃ゆ-

鴇 六連

ILLUSTRATION 羽純ハナ

ILLUSTRATION
羽純ハナ

CONTENTS

東京センチネルバース -蛇恋は不夜城に燃ゆ- 11

あとがき 264

用語解説

センチネル　(Sentinel)

視覚・聴覚・嗅覚・触覚・味覚の五感が超発達した異能者。常人の身体能力を超越した肉体は、獣身化も可能。しかし能力を自己制御できず、ガイドのコントロールがなければ五感が暴走する危険がある。日本には約300人のセンチネルが存在し、能力の強さにより17階級に分けられている。

ガイド　(Guide)

共感力と読心力を持つ異能者。センチネルの強大な能力をコントロールできる唯一の存在。身体能力は常人と同等で、獣身化できないが、ごく稀に例外がある。日本には約200人のガイドが存在し、能力の強さにより11階級に分けられている。

五感の暴走やゾーン落ちに脅かされているセンチネルは本能的にガイドを求める。縄張り意識が強いため自分以外のセンチネルを嫌い、ガイドたちのことは甘やかす傾向がある。

伴獣（ばんじゅう）

異能者の精魂が動物の形となってあらわれたもの。常人の前では、姿をあらわしたり消したりすることができる。肉食動物・草食動物・爬虫類・鳥類・昆虫・神獣まで、伴獣の姿は異能者の力の強さや性格によって異なる。異能者(主にセンチネル)が伴獣に変容することを〝獣身化〟と言う。

PCB

センチネルとガイドが属する組織の略称。世界中に点在するＰＣＢ本拠地ビルを〝タワー〟と呼ぶ。

階級（クラス）

センチネルは9A～1Bの17階級に、ガイドは7A～1Bの11階級に分けられる。センチネルの9クラスと8クラスは稀少。5クラス以下は細かく分けられておらず、Bのみ。

制御アクセサリ

センチネルの発達しすぎた五感を抑えるためのアイテム。眼鏡・ヘッドホン・マスク・手袋・煙草など多種類ある。ガイドの能力が必要不可欠な高位のセンチネルにとっては、一時凌ぎの道具でしかない。

ノイズ

センチネルが異能の力を使うたび発生し、精神や体内に溜まっていく不快物質。五感の暴走やゾーン落ちを引き起こす。ノイズを除去できるのはガイドのみ。

ゾーン落ち

能力の酷使によって五感が暴走し、痙攣や錯乱、野生化、昏睡状態に陥ること。センチネルが克服し得ない、唯一最大の弱点。ガイドの適切なガイディングとケアがなければ精神崩壊して死に至る。

ケア

ガイドがセンチネルの心身に溜まったノイズを取り除く行為。センチネルはガイドと触れ合うことで精神・肉体・能力が安定し、五感の暴走やゾーン落ちを回避できる。

ガイディング

ガイドが、ゾーン落ちしたセンチネルの精神に入り込んで現実世界へ連れ戻す行為。ガイディングに失敗すればセンチネルとガイドともに精神崩壊をきたす危険があり、ガイドに強い精神力が要求される。

契約（ボンド）

センチネルとガイドが〝つがい〟になること。契約が成立するとガイドの左手の薬指に模様（＝センチネルの所有の証）が浮かび上がる。模様がある間、センチネルはつがいのガイドのケアとガイディングしか受け付けなくなり、ガイドもつがい以外のセンチネルたちを制御できなくなる。
誰とも契約せず、ケアやガイディングをビジネスとしているガイドも存在する。

獣身化と野生化の違い

獣身化

センチネルが自身の意思で伴獣と一体化すること。
姿をあらわしたり消したりできる。

野生化

精神の乱れや激怒により、勝手に伴獣に変容してしまうこと。
姿を消すことができなくなる。
適切なガイディングを受けなければ人間に戻れない。
野生化はセンチネルにとって忌むべき現象。

東京センチネルバース -蛇恋は不夜城に燃ゆ-

白慈《はくじ》は今日も東京《とうきょう》の中心地に立ち、あの男を捜す。
己の蛇身《じゃしん》で扼殺《やくさつ》するために。

序

ゾーン落ちするのはこれで何度目だろうか。幾重ものノイズに覆われた昏《くら》い精神世界の奥底で、白慈はいつもと同じ夢を見る。

――摩耶《まや》……！

どろりと流れ落ちてくる体液は赤く生温かい。幻影だというのに、白慈の頬《ほお》を濡《ぬ》らす摩耶の血の感触は恐ろしいほど鮮明だった。

『あぁ。これは、とてもいいものだね……』

耳にこびりついて離れない男の声は穏やかで、しかし狂気と悦楽を帯びている。

いつもそうだ、摩耶に抱き守られている白慈はどうしても男の顔を見ることができない。

静かに振りかざされたナイフが閃《ひら》めき、また肉の切り裂かれる音がした。白慈を掻き抱く摩耶の腕の力が瞬く間に弱くなる。

――摩耶っ‼

増殖したノイズが嵐のように荒れ狂う。猛烈な怒りと悲しみで正気を失いかけたとき、分厚いノイズが割れ、精神世界の底に一条の光が射して幻影は消えた。

白慈は目を瞠《みは》る。光の帯を駆けおりてくるのはアムールトラの姿をした異能者《ガイド》だ。

――ここまで深く沈んでいたとはっ。今すぐ目覚めなければ死ぬぞ！

――摩耶、を……助けっ……。

――愚図愚図するな、戻ってこい！

アムールトラが姿を変え、巨躯の男になる。大きな手が伸びてくる。腕を強くつかまれ、力任せに引き上げられた。

「……うわあぁっ！　――摩耶！」

「よしっ、戻ってきたな！」

焦燥《しょうそう》と安堵《あんど》が入り交じったガイドの声と、ベッドの軋《きし》む音が聞こえる。

白慈は叫びながら上体を跳ね起こした。ヒュッと喉《のど》が鳴り、現実世界の空気が勢いよく肺へ流れ込む。

「ハッ……、ハァッ……！」

見知らぬガイドのガイディングによってゾーン落ちから抜け出したが、視界は闇の一色だった。

体内を暴れまわるノイズに錯乱しそうになる。痛む両目に包帯が巻かれている。そして裸の下肢には濡れた感触と異様なまでの圧迫感があった。その理由に気づいた白慈は怒りを覚え、喉奥で呻《うめ》いた。

ガイドの陰茎が挿入されている――。

「できるだけ呼吸を整えろ。ここはタワーのボンディングルームだ、わかるか？　おまえはホテルのパーティー会場の警固中に、爆発事件に巻き込まれてゾーン落ちしたんだ。両目から出血していた。見えるようにしてやるから恐れなくていい」

先ほど乱暴に腕をつかんだ大きな手が、今度は頬を撫《な》で、包帯をなぞってくる。

「なんという凄《すさ》まじいノイズだ……苦しいな、すぐに消そう」

甘やかすような声とやたら優しい手つきに怒りが増し、撥《は》ねのけた。

「余計なことすんじゃねえっ！」

「ゾーン落ちを脱しただけで危険な状態であることに変わりはない。ケアを施さなければ数時間のうちに死ぬぞ。此方《こっち》も焦ってるんだ、寝ろ、ケアする」

ゾーン落ちしたせいで記憶が飛んでいる。男の言葉を無視した白慈は息も荒いまま、混乱を極めた頭で懸命に思い出す。

真幌《まほろ》とバディを組み、ホテル内のパーティー会場を警固していた。彼をひとりにしてしまったことを悔やむ。故意の爆発によりパニック状態に陥ったパーティー会場から退避できただろうか。異能の力が使えず、真幌の無事を確認することさえできない己に苛立《いらだ》った。

ゾーン落ちの原因や、このガイドの正体など今は心底どうでもいい。最優先事項は屈辱的《くつじょくてき》な現状を即刻終わらせることだ。

「抜きやがれ！　勝手な真似しやがって！」

ベッドから叩き落とすつもりで振った拳《こぶし》の、その力の弱さに愕然《がくぜん》とする。だが油断していた男をぐらつかせるには充分《じゅうぶん》だった。顎《あご》を殴られたガイドは短く唸《うな》る。

そしてフッと嗤《わら》い、態度と声色を一変させた。

「どれほど頑強なセンチネルでも、ゾーン落ちの直後は恐怖して泣き、俺に縋《すが》ってくるものだが。ＰＣＢ東京の〝毒蛇《どくへび》〟は違うらしい。ケアしてくれと素直に甘えれば、善《よ》がるほど優しくしてやるのに」

「うるせえ！　――っ⁉」

押し倒され、重い裸体に伸《の》しかかられる。白慈の腰をつかんで動けなくすると、男は猛然と抽挿《ちゅうそう》を始めた。

「ふざ、けんな！　やめ、……っ」

「おまえの尻《しり》は小さくて孔《あな》は頑《かたく》なで、俺の性器は平均的な大きさとは言えないからな。嵌《は》め込むのに苦労した」

限界まで拡げられた後孔《こうこう》は、男の体液とローションが混ざったものでぐしょぐしょに濡らされている。下腹部の強烈な圧迫感はそのままに、粘液を纏《まと》う太い陰茎が信じられないほどなめらかに出入りする。

「くっ、うっ」

グチュッ、グチュッ、と音を立てて突かれるたび声が勝手に押し出され、だらしなく開いた脚が揺れた。男は亀頭が抜ける間際まで引き、一気に腰を叩きつける。

「う、ぁ――……」

体内の奥に熱い粘液をどくどくと注ぎ込まれて、白慈は肌を粟立《あわだ》てた。

「ガイドの精液を腹で飲むのは初めてか？　即効性がたまらないだろう？　肌に塗る程度では物足りなくなる」

喋《しゃべ》るあいだも、男は根元まで嵌めた長い茎をくねらせて白濁を放った。

「ああ、ほら、ノイズが消える。気持ちいいな？」

「ぁ……、あ」

精神と肉体を蝕《むしば》むノイズが、ガイドの体液によって大量に除去されていく。身体がカタカタと震える。これ以上の快感を白慈は知らない。性的快楽など比べものにならなかった。

「視覚が戻ったはずだ。眼球の負担になるから急ぐな、ゆっくりまぶたを開け」

精神錯乱の危険が遠ざかり、両目の痛みが消え、まぶたに淡い光を感じた。

また男の言葉を無視する。包帯がほどかれると同時に、ばっと目を見開いた。

「ほう。レッドベリルか」

ブラケットライトが小さく灯《とも》されただけのベッドルームは薄暗い。焦点が合ったばかりの赤い瞳で、覆い被さってきている男を睨《にら》みつけた。

至近距離で視線が絡み合う。

プラチナブロンドと、白金色のまつげに覆われた薄紫の瞳。薄明かりを弾く褐色《かっしょく》の肌。長い腕には隆起した筋肉がある。白慈の細身を圧してくる長躯と分厚い胸板――ガイドの男とセンチネルの白慈は、体格だけ見ればまるで大人と子供だった。

笑みを浮かべた男が興味深げに言う。

「縦長に完全変形した瞳孔。伴獣《ばんじゅう》の――白大蛇《しろおろち》の特徴がよくあらわれている。ここまで鮮やかな赤い獣眼《じゅうがん》を持つ異能者は世界にも稀だ」

「今すぐ抜け。殺すぞ」

「少女みたいな可愛らしい顔してずいぶん獰猛《どうもう》だな。残念だが一度抱いたくらいでは除去しきれない。おまえのノイズは質《たち》が悪すぎる。オロチに捕食されたガイドたちは不運だったな」

怒りが頂点に達し、グァッ！　シャーッと牙《きば》を剥《む》いた。しかし男は、９Ａセンチネルである白慈の威嚇《いかく》にも動じない。「猛獣使いの気分になる」と笑いながらつながりをほどき、白慈の身体を返してうつ伏せにした。

ベッドから離れる隙《すき》もなく、尻の丸みを両手でつかまれ、開かれる。後孔に硬い先端を感じた瞬間、ぐりゅっ、と重たく突き入れられた。

「あ、ぅっ」

間を置かずふたたび放たれた濃厚な精液が内壁を濡らす。太い異物を咥《くわ》えさせられる嫌悪感と、ノイズ消散の快感。対極の感覚に苛《さいな》まれ、ハァッ、ハァッ、と荒い呼吸を繰り返すばかりになった。

背後からまわってきた大きな手で、顔の左半分を覆われる。男は唇《くちびる》を白慈の右耳に押しつけてささやいた。

「俺の楽しみはな、おまえのような脆《もろ》いセンチネルの中に入って、溜まり凝《こご》ったノイズを根こそぎ叩き潰《つぶ》すことだ。ガイドの本能が満たされるこの愉悦はなにものにも代えがたい」

「ほざ、けっ、……ハッ、悪趣味、野郎が」

「俺が悪趣味なら、おまえはどうなんだ？　センチネルたちはノイズ消滅時に強烈なエクスタシーを感じる。一度知るだけで飢餓状態に陥るほど虜《とりこ》になり、快楽と安堵を齎《もたら》すガイドを求めずにはいられなくなるんだ」

「……っ」

「ゾーン落ちや五感の暴走で地獄を知ったセンチネルがそのあと天国を見られるかは、ガイドの能力次第だがな。俺が抱くセンチネルは性器を使わなくても絶頂と恍惚《こうこつ》を味わえる――今のおまえみたいに」

「触んじゃねえ、っ！」

このガイドには絶対に触れられたくない。しかし渾身《こんしん》の抵抗も、巨躯に押さえ込まれて意味を成さなかった。

汗ばむ肌を滑りおりた手が、萎《な》えた茎を陰嚢ごと包み、揉《も》みしだいてくる。そのまま押し上げるような動きをされて、クッションに顔半分を埋めた白慈は、両膝《りょうひざ》をついて尻を掲げる格好になった。

「さっきの射精はおまえの精神崩壊と失明を回避するための緊急処置。ケアはこれからだ。ノイズを除去しきるまでやってやる。こぼすなよ、残らず飲みほせ」

「く、……そ……、――あっ、あ、っ」

声だけは漏《も》らすまいと唇を噛む。でも無駄だった。

屈辱的な体勢で激しい抽挿を繰り返され、何度も腹の奥に精液を注がれながら、白慈はノイズが消える快感に沈んでいった。

1

「ゆっくり休んでっ。またね！」

　昨日のパーティー会場での行動を謝ってきたり、自分の命を軽んじるなと怒ったり、心配事を相談しておきながら白慈が答えれば『うわーっ！　もうやめてー！』とベッドに突っ伏したり——忙しない真幌は、最後に白慈の裸をじっと見て焦りだし、ばたばたとボンディングルームを出て行った。

「賑やかな奴。今まで猫かぶってやがったな」

　昨日バディを組んだ、ふたつ歳上の新人ガイド・小泉《こいずみ》真幌のことを、白慈は最終的にそう評価した。約一週間前、異能の力に覚醒してPCB東京局へ来たばかりの真幌を世話してやったが、あのときの蒼白《あおじろ》い顔と悲愴《ひそう》ぶりが嘘のようである。

　久々に新しいガイドがあらわれて面白くなりそうだったのに。真幌は斑目《まだらめ》侘助《わびすけ》と幼馴染みで、さらにふたりが恋仲だとわかった。白慈は、自分と同じ十九歳で同じ9Aセンチネルである侘助のことが嫌いだから、一気につまらなくなってしまった。

ベッドに仰向けに寝たまま、壁に埋め込まれたデジタル時計を見る。

時刻は八時二分——。

目覚めたのは一時間ほど前で、昨夜のガイドは姿を消していた。賢明な行動だと思う。もし白慈の隣で眠っていたら、二度とベッドから起き上がることはなかっただろう。

ノイズが除去された身体は軽くもあり、ひどく不快でもあった。

今すぐシャワーを浴びたいが、ベッドから出るのが億劫《おっくう》でしかたない。白慈は裸体をごろりと返し、横臥《おうが》した。


この世界には、人間の能力を遥《はる》かに超越した力を持つ〝異能者〟が存在する。

白慈は〝センチネル〟と呼ばれる異能者のひとりだ。超発達した五感であらゆる物を透視し、数キロ離れた場所で発生した音を聴き取り、匂いを嗅《か》ぎ分ける。獣身化が可能な肉体には、超常的な身体能力が宿っていた。

だが白慈たちは能力を自己制御できない。

発達しすぎた五感は、視界を歪ませ、耐えがたい轟音《ごうおん》や異臭を齎し、小雨《こさめ》すら肌を刺す無数の針に変える。体内と精神に発生する不快物質〝ノイズ〟がゾーン落ちを招き、五感の暴走や野生化の果てに昏睡《こんすい》状態に陥るか、あるいは精神崩壊して死に至る——センチネルは常に生命の危機にさらされていた。

その強大な力を制御し、センチネルの命をつなぐことができる唯一の存在が、紅丸《べにまる》や真幌たち〝ガイド〟と呼ばれる異能者だった。

『なぜセンチネルは稀有《けう》な能力を自己コントロールできないのか、なぜ生殺与奪《せいさつよだつ》の権がガイドに託されたのか、永遠に解明されないまま、異能者たちは出現してまた消えることを繰り返していくのでしょう。これまでの千年も、これから先も、変わることなく』

美馬《みま》局長はそう言ったが、白慈は哲学めいたものにあまり興味がないし、異能者の存在意義はどうでもいい。

白慈の、９Aセンチネルとしての存在意義は明確にある。摩耶の命を奪ったあの男を見つけ出し、そして――。

「………」

ゾーン落ちから抜け出してまだ間もない今は、いつもの夢に毒されたくない。色斑《いろむら》のある黒髪をぐしゃぐしゃと掻《か》き、夢の中の男を追い払って思考を切り替える。

――真幌の薬指の模様……あんな派手なの初めて見た。山狗《やまいぬ》の野郎、どんだけ所有欲強えんだよ。

白慈は佗助の悪口を言って「うげー」と舌を出した。

昨夜、真幌は佗助とともに、大混乱に陥ったパーティー会場から撤退していた。佗助が野生化したのは意外だった。矮小《わいしょう》な獲物ごときに――現行犯相手に野生化し、己の伴獣である山狗に支配権を奪われたなどセンチネルの恥《はじ》だ。原因はおおかた、真幌の服が現行犯に破られた程度のくだらないものだろう。

ゾーン落ちした佗助を真幌がガイディングして救済し、そのままふたりが〝契約〟に至ったのは気に入らないが、真幌が無事だったならそれでいい。

センチネルとガイドが互いの心を求め合い、肉体的にも結ばれ、唯一無二の〝つがい〟となる――〝契約〟と呼ぶそれが成立すれば、センチネルの所有の証として、ガイドの左手の薬指に模様が浮かび上がる。

ヘナタトゥーに似た蔓草模様《つるくさもよう》は、センチネルの所有欲が強いほど濃く幅広くなる。これまで見たものは幅三センチ前後の模様が多く、薬指とのバランスがよく美しかった。

だから白慈は、真幌の指先から根元までびっしり詰まった蔓草模様を見て『おーおー、ド派手にマーキングされやがって』とからかい、内心では佗助の猛烈な所有欲に思いきり引いていた。

――むっつりドスケベで絶倫で独占欲満開って、怖ぇわ……真幌の奴、大丈夫か？

「……ん？　どうした？　ナダ」

つい先ほどまで機嫌よく真幌の肩に乗っていた白蛇・灘《ナダ》が、細く吊り上げた目から純白の涙をぽろぽろ落とし、キィッと牙を剥く。何度もゾーン落ちして絶命しかける白慈に本気で怒っていた。

「悪かったたって。めそめそすんなよ」

泣くことができなくなった白慈の代わりに、ナダは時折こうして落涙《らくるい》する。獣身化したときの体躯はＰＣＢ東京最大を誇り、神使《しんし》とも神そのものとも謳《うた》われる白大蛇が泣くとは情けない。しかし、何度『泣くな！』と叱りつけてもナダは頑《がん》として落涙をやめなかった。代わりを果たすことが伴獣である己の使命だと思い込んでいるようで、根負けした白慈は、最近は適当に宥《なだ》めるだけにしている。

〝伴獣〟とは、異能者の精魂が動物の姿となって顕現したものを指す。姿をあらわすこともできるが、平時は常人の目に映らない。

メシも食わねえ精神の塊《かたまり》のくせして器用に泣くよな――そう思いながら、真珠みたいな雫《しずく》を指先で拭い、顎を撫でた。

「おまえこそ大丈夫だったか？　ボンディングルームのどこにいたんだよ。――あん？　リビングのでかいもふもふで寝てた？　なんだそりゃ」

優しく話を聞いてやると、ナダは機嫌を直して腕に巻きつき、いつも通り白慈の首許《くびもと》に顔をぺたりとくっつけた。

白慈はやれやれと軽く吐息をつく。先ほど真幌が置いていった、センチネル専用の煙草をもう一本吸おうとサイドテーブルへ手を伸ばしたとき、ふと気づいた。

「ここ、二号室じゃねえな」

ボンディングルームはその名の通り、異能者たちが長い性行為によって〝契約《ボンド》〟を成立させたり、ガイディングやケアを施したりする部屋で、タワーの四十三階に四部屋のみ設置されている。

異能の力に覚醒した直後は「保全」という名目でタワー滞在を強要されるが、いずれＰＣＢ保有の住宅が与えられる。しかし白慈は不要と断った。タワー内の居住フロアにある自室もほとんど使っていない。ホテルのスイート並みに広く豪奢《ごうしゃ》なボンディングルームの二号室を塒《ねぐら》としていた。

「だる……」

センチネルに覚醒して十二年。今日ほど身体が軽い日はなかった。

『完全に消滅するなんてあり得ない』と那雲《なぐも》医師に言わしめた白慈の強烈なノイズは、今は限りなくゼロに近く、清涼感さえ覚える。だが体内には男の硬く太い感触が克明に残っている。

結果、極めて不快だった。

腰を覆うバスローブが滑り落ちる。あらわになった性器も尻も、全身も、シーツまでもが綺麗になっていた。しつこいケアを受けつづけた白慈が気を失うように眠ったあと、あのガイドが手ずから清め整えたのかと思うと不愉快でしかたない。シャワーを浴びるためにようやく起き上がり、ベッドを出た。

異能者たちが〝タワー〟と呼ぶこのＰＣＢ東京局の本拠地ビルに、白慈は七歳から住んでいる。

正式名称は〝Psychics Conservation Bureau〟――異能者保全局。世界中に点在し、センチネルおよびガイドの保全・生活環境の提供・仕事の斡旋《あっせん》等を担っていた。

超常的な力を持つ者の発祥は千年前までさかのぼる。巫女《みこ》や陰陽師《おんみょうじ》、武士や忍者など、時代により姿を変えて存在してきた。現在の組織の前身〝警守幻隊《けいしゅげんたい》〟が発足したのは明治七年のことだった。戦後間もない昭和二十二年、警察法が制定されると同時に、警守幻隊は国際ＰＣＢ機構に加入、組織名を〝異能者保全局・東京局〟と改称する。昭和二十九年、警察庁設立とともにその傘下となった。

異能者の存在も、ＰＣＢ東京局が日本警察庁の外郭組織であることも、当然、非公式かつ非公開だ。ＳＮＳの普及により情報の拡散速度は飛躍的に上がったが、センチネルの能力はそれを凌駕《りょうが》する。超発達した五感を駆使して、異能者が映る画像や動画を徹底的に削除し、正体を秘匿《ひとく》しつづけてきた。

その結果、面倒なことに、白慈たち異能者は世間から〝謎の超常集団ＰＣＢ〟と呼ばれ、関心と熱い視線の的《まと》となっている。隠されると余計に知りたくなるのが人間の性《さが》というものらしい――。

裸のままベッドルームを出て広いリビングを歩くあいだ、ナダが首許やうなじをトントンとつついてきては自身の背を確認し、また躍起になってつつくという奇妙な動きをした。

「痛《い》てーよ。なんだ？　模様？」

うなずいたナダは、白慈の首や背にあらわれた模様がどうして自分にはないのか、同じものが必要だと訴えてくる。

ナダが欲しがる「白慈と同じ模様」がなにを指しているのかわからない。小首をかしげてバスルームの引き戸をスライドし——脱衣所の大型鏡に映る裸体を見た瞬間、かっと怒りが湧《わ》いた。

——あのガイド、舐《な》めた真似しやがって。

複数の赤い痕《あと》が、首許の肌に浮かんでいる。

大型鏡に背を映せば見える、うなじに刻まれた【16972/9A】の英数字とバーコードのタトゥー。そのまわりにはより多くの吸い痕があった。

ゾーン落ち直後で精神力と身体能力が低下していたことなど言い訳にもならない。戯《ざ》れ事《ごと》に興じたガイドも、痕をつけられる瞬間にすら気づけないほど取り乱していた自身も許せなかった。

真幌が白慈の裸をじっと見て焦りだし、足早に立ち去った理由を理解した。情事や猥談《わいだん》に耐性がない真幌は、誰が白慈を抱いて夥《おびただ》しいキスマークをつけたのか、訊《き》くに訊けなかったのだろう。

「こんなもんすぐ消える。模様がないおまえのほうが正しい。ソファで寝てろ」

ナダは白慈の言葉を聞いて安心し、するすると身体を伝いおりてリビングへ戻っていった。

熱いシャワーを浴びながら、壁に片手と額《ひたい》をついて、息を吐く。

ためらっていてもしかたない。もう片方の手を尻の狭間《はざま》に差し込み、ひりつく襞《ひだ》に触れた。

「……、っ」

強烈な圧迫感と陰茎の太さが、嫌というほど生々しく蘇《よみがえ》る。深夜まで及んだケアで長大なものを咥えさせられつづけた後孔は、指一本を難なく受け入れた。

内壁の奥をこすって指を抜いても、そこに白い残滓《ざんし》は付着しなかった。ケアの最中、結合部からあふれて腿《もも》を伝い落ちるまでの量を放出されたのに。

あの男の言う通り〝ガイドの精液を腹で飲んだ〟ということだ。

「く……、そ——」

シャワーのハンドルを握りしめる。

抱擁《ほうよう》、愛撫《あいぶ》、ディープキス、オーラルセックスと体液摂取、性交——ガイドと深く絡み合うほど多くのノイズが消え、センチネルは能力と精神の安定が叶う。ゾーン落ちによる死亡を回避するには、ガイドと肉体を深くつなげて精神世界を共有し、ガイディングしてもらうしか術《すべ》はない。

『センチネルたちはノイズ消滅時に強烈なエクスタシーを感じる。一度知るだけで飢餓状態に陥るほど虜になり、快楽と安堵を齎すガイドを求めずにはいられなくなるんだ』――腹立たしいが、なにもかも男の言葉通りで、センチネルはケアやガイディングを欲して常に飢餓状態にある。

過去、白慈もセンチネルの本能の赴くまま、ノイズを除去するために、ガイドたちの愛液を啜《すす》り精液を多く飲み、唾液《だえき》を吸い汗を舐め、彼ら彼女らの身体を貪《むさぼ》ってきた。

昨夜の行為も同じだ、ただのノイズ除去だった。あのガイドとは二度と会わない――そう自分に言い聞かせても、シャワーの勢いを強くしても、身体の内外に刻み込まれた屈辱的な感触は流れ落ちてくれない。

昨夜からの激しい混乱が尾を引いて、今も冷静さを取り戻せていない自覚があった。

ゴツ、と額を濡れた壁に打ちつける。

――なんでホテルのパーティー会場なんか警固してたんだ？　真幌とバディ組んで仕事する前……俺、なにしてた？

記憶もまだ部分的に飛んでいる。ここに至るまでの出来事を詳細に思い起こして整理する必要があった。

――昼過ぎに、いつものボンディングルーム二号室で紅丸にノイズ消してもらって、そのあと山狗に盛《さか》られてる真幌を助けに行ったら、なんでか俺まで呼び出し食らって……。

「……そうだ、美馬サンに説教されてる最中に、犬鷲《いぬわし》が」

犬鷲を伴獣とする女性センチネルの大和《やまと》が、警護の任務にあたる直前にゾーン落ちしたとの急報が入った。美馬局長は異能者たちを招集する。

グラーツホテルで開催される、ベンチャー企業主催の異業種交流パーティー。当初、ＰＣＢの警護対象はパーティーに招待された二名の若手都議会議員のみだったが、大和のゾーン落ちの原因が不明確であることを危惧《きぐ》した美馬は、警護対象を全参加者に拡大した。

現場統率は９Ｃセンチネルの一色左近《いっしきさこん》、佗助は単身行動、バディを組むのは白慈と真幌、センチネルの椎名《しいな》とガイドの芙蓉《ふよう》、川久保《かわくぼ》と紅丸――パーティー会場の警固という些末《さまつ》な仕事に、美馬は八人もの異能者を動員する。異例のことだった。

想像通り、小規模な会場の警固は、真幌の初仕事にちょうどいい生ぬるさだった。

しかし、滞りなく終了すると思われた二十時四十分、爆発が立てつづけに発生。炎と煙が上がる。火災サイレンが鳴り響いて、スプリンクラーが放水を開始し、あちこちで客が叫び、会場は凄まじいパニック状態に陥った。

この程度の事態ではセンチネルは動じない。白慈は、五感を襲撃してくる煙と臭《にお》いを忌々《いまいま》しく思いながら獣身化した。

『獲物は五人だ！　ふざけやがって！』

濃い煙が広がる中、視覚を使って現行犯を特定し、そのうちのひとりを白大蛇の胴で絞めあげて失神させたことを思い出す。

本当の異常事態は次の瞬間に起こった。

パンッ！　と空砲に似た大きな音が鳴り、左近が卒倒した。伴獣の黒豹《くろひょう》が狼狽《ろうばい》し始める。

センチネル同士が争うと発生する、鮮やかな紫色の火花。それが突如バチバチッと弾けたことに気を取られたとき、白慈の眼前で強烈なフラッシュが閃いた。

閃光《せんこう》をまともに受けてしまったのは失態の極みだ。激痛の走る眼底から、ブシュッと音を立てて血液が射出した。視覚が破壊され、ゾーン落ちの予感がする。獣身化を維持できなくなり、倒れながら人の姿に戻った。

『各々《おのおの》、直ちに撤退。これより警察が入ります、加害者および被害者を置いて速やかに撤退を』

離れた場所から美馬の思念波が届く。白慈の視界は鮮血の一色に染まっていた。嗅覚も触覚も狂ってしまい、ナダがどこにいるのかさえわからない。

『白慈くんっ！　だめだっ、ゾーン落ちしないで！』

『かまう、な……、さっさと……行け……、撤退、命令──』

真幌が、さまようナダを掬《すく》い上げて白慈の胸に乗せてくれたようだった。ガタガタと痙攣《けいれん》する身体を掻き抱いてくる。恐怖しているバディを守れないことを悔しく思いながら、白慈は昏睡状態に陥った。

以降、なにがどうなったかすべて不明。皆が逃げ去り、ゾーン落ちした左近と白慈だけが残された会場で、大型の肉食動物が白慈を守るように身体に跨《また》がってきたが、夢か現実だったか判別できない。白慈は正体不明のガイドにガイディングされ、ボンディングルームで意識を取り戻した。

――あのフラッシュ、どいつが仕掛けてきやがった？　紫色の火花だって相当おかしい。俺も、ほかのセンチネルも、獲物を捕まえるっていう同じ行動してたんだ、火花が飛ぶなんて絶対あり得ねえ。

「紫色の火花、見たのは俺だけか？　山狗と黒豹も見たとして……」

美馬に報告するような律儀さを佗助は持っていない。左近が回復しているならすでに報告した可能性がある。

――どうでもいいな。やめた。

白慈は早々に佗助と左近を脳内から追い出した。

縄張り意識が非常に強いセンチネルにとって、自身以外のセンチネルなど疎《うと》ましい存在でしかない。名を呼び合うことすら苦痛で、伴獣で呼ぶのが常だった。報告内容が重複しようが関係ない、白慈は自分が見聞きした事実を伝えればいいだけのことで、どう対処するかは美馬が決める。

――それより紅丸に連絡しねえと。

紅丸は各国のPCBから依頼を受けてガイディングとケアをおこなう、フリーランスのガイドだ。階級はプロフェッショナルな彼に相応しい、最高位の7A。紅丸に命を救われたセンチネルは世界中にいる。白慈もそのうちのひとりで、昨日の昼も、裸で絡み合う濃厚なケアでノイズを大量に消してもらった。

紅丸はパーティー会場から退避したあとも、椎名・芙蓉のバディと川久保と行動をともにしていたはずだ。白慈は先ほど、ガイドの芙蓉に思念波で話しかけて口を割らせた。普段から白慈に敵意剥《む》き出しのガイドは『空港へ向かいました。早朝の便で日本を出るって』と言い、それきり思念波をシャットアウトした。

爆発が起こる前の会場で紅丸と最後に交わした言葉を思い出す。

『普通にパーティー楽しみやがって』

『ふふ。このあと涼一《りょういち》の指示がなかったら夜のデートする?』

『なけりゃあな。ま、美馬サン指示してくるだろ』

『そうだよねぇ。残念』

十四歳から深い付き合いのあるガイドの無事を、自分で確かめなければ気が済まない。あとで紅丸に電話をかけると決めた。

昨夜からの激しい混乱が、ようやく少しずつ治まってくる。部分的に飛んでいた記憶を取り戻し、整理もついた。

白慈はボディソープを泡立て、筋肉の隆起した腕や背、脚を洗っていく。センチネルたちは、超発達した身体能力の維持や、思うまま獣身化するためにトレーニングを欠かさない。しかし白慈は昨夜のガイドや佗助のような図体になるのは嫌だった。筋肉がついていながらも細身に見えるこの体躯が気に入っていた。

忌々しいキスマークが浮かぶ首許とうなじを、皮膚《ひふ》が擦《す》り剥けそうなほどゴリゴリ洗う。

髪と身体を拭き、タオルをランドリーバスケットに放り込んでリビングへ戻ると、ナダが待ちかねたとばかりに頭の天辺まで登ってきた。クローゼットを開いて一緒に覗《のぞ》き込む。

「ダセェのばっかだな」

下着や靴下などが一通り揃《そろ》えられているものの、服は黒色と白色のTシャツと、グレーのジャージパンツだけだった。コンシェルジュに持ってこさせることもできるが、自分でワードローブ室へ行ったほうが早い。

下着を穿《は》き、【PCB】のロゴが入ったTシャツとジャージパンツをしぶしぶ身につけたときだった。

「⁉　……なんだ？」

得体の知れない気配が、このボンディングルーム四号室にまっすぐ接近している。ナダも気づいてそわそわと胴体をうねらせる。

不思議な気配は、閉まったドアを通り抜けて玄関ホールに入ってきた。視覚や嗅覚を使って確かめる暇《いとま》もなく、白慈が立っているアラベスク模様のカーペットに伴獣の影が落ちる。

想像もしていなかった光景に思わず肩をビクッと揺らし、声を出してしまった。

「でっか……！」

気配の正体は、目を瞠るほど立派な体躯のアムールトラだった。

驚いているあいだにのしのし近づいてきて、白慈の首許をふんふんと嗅ぐ。

白慈は百六十センチに満たず、虎の体高は百三十センチを超えていそうだった。後脚《あとあし》で立たれたら確実に身長で負けるし、上から押し潰される。

アムールトラを伴獣に持つ異能者はＰＣＢ東京にはいない。しかし、ナダと虎は互いに親しげで、ナダが白い胴を伸ばして虎の背へ乗り移り、ふさふさの獣毛に埋もれた。それを見た白慈は「あっ」と小さく言う。

ゾーン落ちの最中、精神世界の底で幻影に苦しめられていたとき、アムールトラが駆けおりてきたのを思い出した。

「おまえ、あのガイドの伴獣か！　信じられねえ」

伴獣の種類や体格は、異能者の力の強さに比例する。虎を伴獣とするのは８クラスか９クラスのセンチネルであり、最大種のアムールトラを伴うガイドなど聞いたことがない。

虎が来たなら、あの男もこちらに向かっている。しかし焦って透視しても、ドアの向こうの廊下に姿は見当たらなかった。

「……うぉ。強ぇよ」

虎が甘えて白慈に巨体を擦りつける。猫の可愛らしい仕草とは大違いで、ただの強力な体当たりだった。

虎は楽しげに、どふ、と二百キロ以上ありそうな身体をぶつけてくる。白慈だから平気なだけで、ガイドやサポートスタッフなら撥ね飛ばされている危険な動きを、やめさせることができなかった。

「………」

センチネルは、ガイドの伴獣に弱い。たとえ相性が最悪のガイドでもその伴獣に罪はなく、無意識のうちに可愛がってしまう。

どふ、と何度も体当たりするのを許してしまった。気の済んだ虎が後脚を折って座ると、白慈は最も柔らかいと思われる首許の獣毛に、ぼすっと両手を突っ込んだ。

「すげー。モッコモコだな、指が埋まる。——あ、ナダがさっき言ってた『でかいもふもふで寝てた』って、こいつのこと？　昨夜こいつと一緒にリビングで寝てたのか」

今も虎のふわふわを堪能するナダが嬉しそうにウンとうなずく。どうりで親しげなはずだ。

虎の頬をギュウと寄せ上げると、目を糸みたいに細くして「ガォ」と小さく鳴いた。素晴らしく手触りのいい獣毛をわしゃわしゃ撫でて言う。

「ナダが世話になったな、助かったぜ。もうタワーを出るか？　おまえの毛並みは嫌いじゃないけど奴には二度と会いたくねえ」

強い願望を籠めて「今すぐ出て行くだろ？」と重ねて訊いた。伴獣たちは人語を声に出さず、思念波で伝えてくる。それなのに、虎の思念波を聞き取ろうとする白慈の眼前で、鋭い牙の生えた口がなめらかに動いた。

「二度と会いたくないとは、ひどすぎるな。俺のケアにあれほど溺《おぼ》れておきながら」

「――‼」

目を剥いた白慈は本能的反射で獣身化した。間髪を容れず白大蛇の姿でボンディングルーム四号室のドアを通り抜ける。

伴獣がベラベラしゃべりやがった！　いや違う、あれは――約十メートルの長大な胴体をうねらせて廊下を進む。エレベーターを使わず壁の中を伝い上がる。

局長室のドアを弾丸のように通り抜け、人の姿に戻って怒鳴った。

「美馬サンっ！」

「……白慈？　貴方《あなた》の気が済むまでボンディングルームで休ませるつもりでしたが、もういいのですか？」

PCB東京局局長・美馬涼一は、白慈が突如あらわれて大声を出しても驚かなかった――いつも通り。

眼鏡の奥の冴《さ》えた瞳と、前髪を長めに残した艶のあるショートヘア、濃紺の三つ揃いを着た姿は、見る者に隙のなさを強く印象づける。四十歳前後だが、冷艶な容姿と佇《たたず》まいは二十代の頃と同じで、十二年の歳月を感じさせない。

「貴方がゾーン落ちするたび、私たちは絶望を突きつけられます。今回も非常に危険でした……那雲主幹のメディカルチェックを受けましょう。話は後程でかまいませんので先にメディカル室へ行ってください」

白慈はＬ字型の執務デスクにダンッと手をつく。デスクに置かれた香木に止まる八咫烏《やたがらす》が、不快感をあらわにする。

「なにもんだよあいつ！　どの局から来た⁉　なんで獣身化してんだ、ガイドのくせに！」

「その様子だと、お互い自己紹介がまだのようですね。――興津守《おきつもり》君？」

わずかにあきれた声で誰かに呼びかけ、美馬はエグゼクティブチェアから立ち上がる。呼びかけに応じるように局長室のドアがノックされた。白慈は身構える。

「どうぞ」

美馬の返事を受けてドアが開く。アムールトラを連れて入ってきたのは、昨夜のプラチナブロンドの男だった。

ガイドとは思えない屈強な体格と、それに見合ったバーズアイのクラシックジャケットと同生地のダブルボタンのジレ。胸板や長い脚についた筋肉が、ストイックなトレーニングを連想させる。分厚い体躯のせいで、百九十センチを超えているように見えた。

「昨夜はそのセンチネルが死にかけていたからな、俺も久しぶりに焦って、名乗るまでの余裕がなかった」

華奢《きゃしゃ》に見られる体格も、小柄も、白慈は気に入っている。しかし今だけは約三十センチの身長差と体格差が鬱陶《うっとう》しい。男は薄紫の目でわざとらしく見おろして言う。

「興津守＝ドゥラーク・エフェサード＝宗玄《そうげん》だ」

「長《なげ》ぇ」

低い声できつく撥ねつけた直後、はっと気づいて美馬に言う。

「オキツモリって……、まさか、あの〝興津守〟か？」

古来、何百年と異能者を輩出する旧家〝興津守〟は、ＰＣＢに興味がない白慈でも耳にするほどの存在だった。

「どうぞソファへ」

局長室の中央にローテーブルがあり、それを挟んでバイカラーの一人掛けソファが三脚ずつ並んでいる。美馬は丁寧な所作で、宗玄と名乗った男と、白慈にもソファに座るよう促した。

「あんなの噂《うわさ》だろ？　能力の覚醒は突然変異じゃねえか」

八咫烏が羽ばたいて執務デスクを離れ、特有の三本脚でソファの肘掛《ひじか》けに止まる。美馬と宗玄が向かい合ってそれぞれ一人掛けソファに座っても、白慈は立ったままでいた。

先ほどまでナダと親しくしていた虎は、今は美馬の伴獣に興味津々だった。縞模様の長い尾

を揺らし、黒曜石像のように動かない八咫烏をふんふんと嗅ぐ。

「白慈。座ってください」

肩に巻きついているナダが、代わりに顔を一度だけ横に振る。

ソファに座るほど長居はしない。白慈の意思を察した美馬は、無駄な前置きを省いて本題に入った。

「オランダのエルメリンス家、中国の蓮《リエン》家、日本の興津守家……特定の家門が数百年にわたってセンチネルやガイドを輩出してきた理由は解明されていません。異能者の存在については、その発現方式も含め未だ多くの不明点があり、すべてを詳《つまび》らかにすることは不可能とも言われています」

「ガイドで……獣身化、できるってことは……、階級は、S——」

「そうです。獣身化を可能とするガイドは極めて稀で、特別階級〝7S〟が与えられます」

ガイドの身体能力は常人と同等で、獣身化できないのが一般的だった。

センチネルはどれほど異能の力が強くても、最高位の階級は9Aであり、〝S〟は存在しない。

白慈は、不敵の笑みを浮かべ傲慢《ごうまん》な視線を向けてくる宗玄を睨む。

昨夜、無断で白慈の中に入ってきたガイドの、その思いもよらない正体に驚きを隠せなかった。

旧家〝興津守〟の名と、唯一無二の〝Ｓ〟階級を持つ男――。

「東京局の９Ａセンチネルは美馬局長、白慈、斑目佗助の三名だったな。厚みのある人材構成だと思う」

「はい。しかしながら現在、当局に７Ａガイドは在籍しておらず、やや手薄です」

能力の強さにより、センチネルは９Ａから１Ｂの十七階級に、ガイドは７Ａから１Ｂの十一階級に分けられる。

総人数の九割を占める５Ｂ以下の異能者が、サポートスタッフおよびタワー内の各企業の社員となり、高位の異能者を支えるために働く。１Ｂも２Ｂも常人とほぼ同じだが、なくてはならない貴重な人材だった。そして、一割のみ存在する６Ｃ以上の異能者が、警察の補完的役割を担う〝執行班〟と、収集した情報の伝達や迅速な削除をおこなう〝情報処理班〟に分かれて活動する。

いつも冷徹な美馬が、珍しく機嫌のよさを表情に出して説明を進めた。

「各国のパワーバランスを保つため、７Ｓガイドは特定の局ではなく国際ＰＣＢ機構に属し、フリーランスのガイドと同様に、各国のＰＣＢから依頼を受けてケアとガイディングをおこないます」

「同様だが、ひとつだけ異なる点がある。紅丸たちフリーランスは国際ＰＣＢ機構に〝登録〟する。俺は国際ＰＣＢ機構〝直属〟だ」

そんなことは極めてどうでもいい。宗玄が紅丸の名を口にするとは思いもせず、その馴れ馴れしさにひどく腹が立った。

「興津守君がトルコで7Sガイドに覚醒した約十年前から、［東京局にて執行班の活動およびセンチネルたちのケア］を依頼し、何度も交渉してきました。ですが、長いあいだ承諾を得ることができませんでした。先日ようやく交渉成立を実現し、興津守君は昨夕の十九時に空港に到着したところだったのです」

「特にこの二年、美馬局長は頻繁に交渉を持ちかけてきた。その理由に納得がいった――多くのセンチネルをケアしてきたが、白慈ほど質の悪いノイズを大量に溜め込んだセンチネルはいない。それだけ精神的に不安定で脆いということだ、局長の危惧はよく理解できる」

「ノイズに良いも悪いもあるか！」

「白慈のノイズは凶悪だ。俺か7Aガイドでなければ扱えない。おまえ、俺の現場到着が少しでも遅れていたら死んでたぞ」

「ゾーン落ちした貴方をガイディングできる者は東京局にいません。絶命も失明も免《まぬか》れ、後遺症すらなく今を過ごせているのは、興津守君のガイディングとケアだったからです。これは大いなる奇跡なのですよ、白慈」

「空港からタワーに到着してすぐヘリに乗せられたときは何事かと思ったが、美馬局長の早い判断の賜物《たまもの》だ。昨夜の事態を予見していたかのような、丁寧で熱心な交渉だった」

「いえ、予見までは……。白慈を救ってくださったこと、依頼を承諾いただいたことに、あらためて御礼を申し上げます」

深くうなずく宗玄と美馬が微笑を交わす。和やかな雰囲気が広がる中、どうしようもなく苛立ちが募っていく。

「興津守君は三週間の東京局滞在を承諾してくださいました。初回としては異例の長さです」

「初回滞在は基本五日、長くて十日ほどだ。実績と信頼関係を築くことで滞在期間も長くなる。最長はアンカラ局の一年七か月だ」

「ぜひ東京局にも次の機会をいただきたく思います」

美馬はそこでわざと言葉を切った。

まるで示し合わせたかのように、ふたりの視線が同時に白慈へ向けられる。

「少なくとも一度は９Ａセンチネルとバディを組む。こちらが今回の滞在条件のひとつです。従って白慈は興津守君とともにタワー内で待機を。興津守君、追って指示します」

「承知した。身体の相性は抜群にいいと実証済みだが、重要なのは執行班としての実力。ＰＣＢ東京・９Ａセンチネルのお手並み拝見といこう」

「は？」

我慢の限界が来た。こめかみの血管がドクッと脈打つ。

「昨夜からふざけたことばっか抜かしやがって――」

された。

山のように膨《ふく》れ上がった文句をすべてぶちまけるつもりが、にっこり微笑《ほほえ》む局長に一瞬で制
「白慈」

「貴方はメディカル室へ」

返事をせず、宗玄に一瞥《いちべつ》も与えず局長室を出る。制御アクセサリをつけていない聴覚が、厚い壁の向こうの談笑をとらえた。

——彼は気分屋な部分がありますが、興津守君ならすぐに慣れるでしょう。

——ああ。気性の荒いのは嫌いじゃない。バディを組んでの仕事が楽しみだ。

——執行班としての優秀さは言うまでもありません。ただ、ひとつ小さな難点があります。

「っ、……」

身体が震えるほどの憤りは久しぶりだった。宗玄のガイディングとケアに助けられたのは事実で、美馬のすることに口を挟む気など更々ないが、あまりにも勝手が過ぎる。

白慈は唇を噛み、長い廊下を大股で歩いていった。


〝ガイドを壊して使い捨てにする、冷酷非情な9Aセンチネル〟——白慈には、そのような噂

がつき纏う。

「白慈さん、お待ちしていました。こちらへ」

医療スタッフは全員が5B以下の異能者で、センチネルよりガイドのほうが多い。常に優しく丁寧に接してくる彼女たちも、皆が白慈のことをひどく恐れていた。

採血や心電図検査などの基本的なチェックで身体に触れられるときも、脳波検査、CTとMRI、ノイズ測定のような大掛かりな検査を受けるあいだも、発達しすぎた触覚が医療スタッフの恐怖をとらえる。

怯《おび》えながら従事する彼らに話しかけることはしない。緊張感と沈黙の中、メディカルチェックは進む。

白慈とまともに会話できるのは、メディカル室主幹・那雲くらいだった。

「白慈くぅん、結果データ見てぇー」

痩身《そうしん》に白衣を纏い、癖のある栗色の髪をゆるく束ねている那雲は、異能者医学の権威なのに、るんるん飛び跳ねる姿はまったくそう思えない。椅子に座る白慈にべったりくっつき、タブレットを見せてくる。

「ぎりぎりレッドライン超えなかった！　何年ぶり？　那雲センセ感動しちゃう！　やっぱり7Sガイドは格が違うね、ノイズ内包値もかなり低くてさ、那雲センセ思わず二度見しちゃったよ」

自身のことをしつこく「那雲センセ」と言う医師は、いつもへらへらと軽薄に笑っていて真意が読めない。

だが、一か月に三度おこなわれるメディカルチェックで、〝稀に見る深刻な危機〟を意味するレッドラインを超えたときだけは違っていた。白慈でもぞっとするマッドサイエンティストのような顔になって『死にたいの？　じゃあ死ぬ前に研究させて。カラダ開いてイジらせてよ』と激怒する。

白慈がレッドラインを超えなかったことが本当に嬉しいのだろう、那雲の言動はいつにも増して軽々しい。白衣の裾《すそ》を揺らし、くるりと一回転した。

「いいなぁ７Ｓガイドと接触できるなんて！　ぼくはなぜか美馬くんからきつく止められてるんだよぉ。採血もダメだって。こんな機会もうないのに！　ねぇ、興津守くんの唾液と精液、採ってきてくれない？　採取容器あとで渡すね」

「ぜってぇ嫌だ」

「どうして⁉　白慈くん冷たい！」

嘆くふりをした次の瞬間にはンフフと妖《あや》しく笑い、「さっき保全印だけ撮らせてもらったんだー、見る？」とタブレットを操作する。那雲がおとなげなく駄々《だだ》を捏《こ》ねて、美馬と宗玄を困らせる光景が簡単に想像できた。

例外なく、すべての異能者が覚醒したその日に施術されるタトゥーを〝保全印〟と呼ぶ。

うなじに刻まれる英数字とバーコードは、現在位置を特定できる特殊液剤を用いており、バーコードには異能者の体質や能力の詳細データが登録されていた。

「奴の保全印なんかこれっぽっちも興味ねえよ」

「ほら見て見て、すっごく興奮するから」

白慈の返事を無視した那雲が見せてきたタブレットに、裸の後ろ姿が映る。

筋肉の盛り上がった背と肩。淡い褐色の肌と、プラチナブロンド。そして、頸椎《けいつい》に沿って縦に施されたバーコードと【082099/7S】のタトゥー。

「登録番号が0から始まるのも、7Sも、新鮮じゃない？」

「なんでも楽しそうだな、那雲センセーは」

七歳でセンチネルに覚醒し、タワーへ連行された。わけがわからず泣きじゃくる白慈のうなじに【16972/9A】の英数字とバーコードのタトゥーを施術したのは、那雲だった。

当時も『生きてたら楽しいことも気持ちいいこともたくさんあるよー』とへらへら笑っていたことを思い出す。

「ヤラシイ痕がいっぱいだぁ。興津守くんって相当な情熱タイプ？」

那雲は聴診器を白慈の胸に当て、大型の医療機器を背に当てたあと、人差し指でうなじをつついてきた。

「伴獣もアムールトラだしねえ。いいね肉食獣系ガイド、安心して白慈くんを任せられる。これだけ熱烈なケアするんだから、白慈くんがちょっとおねだりするだけで精液たっぷり出してくれるよ——痛《い》たたた！」

　人差し指をつかみ、あらぬ方向へ曲げてやると、那雲は「やめてっ、センチネルによる暴力断固反対！」と叫ぶ。

　そうして、視覚に影響しない特殊なブルーライトを白慈の左右の瞳にかざし、ふと表情を翳《かげ》らせた。

「目から大量出血は本当につらかったね。失明しても不思議じゃなかった。特別階級7Sの力は偉大だね。……どれだけ研究を重ねて、追い求めても、きみたち高位の異能者は遥か先の場所で簡単に奇跡を起こす。ぼくらは無力だ」

　那雲は、喜びと焦燥と憂《うれ》いが複雑に混在した、研究者の顔をする。いつにない真剣な雰囲気に、白慈は思わず焦ってしまった。

「そんな大層なもんじゃねえだろ。高位のセンチネルなんか雨も火も苦手、電車に乗るのも外でメシ食うのも苦手、おまけにガイドがいねえとノイズ溜まりまくった末に狂って死ぬって、厄介《やっかい》ばっかだ」

　果たして——白慈渾身のフォローを那雲は聞いていただろうか。

　眼球を念入りに診察し、けろりと表情を戻して、カチャカチャと器具を片づけながら軽々しく言った。

「そういえば白慈くんってさー、女の子にも男の子にも入れるばっかりで挿入されたことなかったよね？　とろっとろの最高級ローションを興津守くんに渡したから大丈夫だったと思うけど、どうする？　おしりの孔も診《み》とこっか？　あの体格だもん、興津守くん絶対ペニス大きくて太いよねえ」

那雲の憂いを気にした自分が馬鹿だった。

赤い瞳をすっと細め、変態医師を睨みつける。

「俺ァ那雲センセーでも容赦しねえぜ？　これ以上余計なこと言うならぶっ殺す」

「どうして⁉　白慈くんひどい！」

ちっともめげない那雲の「またすぐチェック受けにきてね！　それと、興津守くんの唾液と精液よろしくねっ」という大声を背に受け、うんざりしながらメディカル室をあとにした。

ＰＣＢ東京局の本拠地・タワーは、中央区《ちゅうおうく》の高層ビル群の中に建っている。

最上階の五十一階と五十階は空中庭園、四十六階から四十四階にかけてはメディカル室になっていて、白慈が塒にしているボンディングルーム二号室は四十三階、食堂は三十二階にあった。

インターネットやSNSに掲載されたPCBの画像と動画を、情報処理班のセンチネルたちが二十四時間体制で削除する〝イリミネイト〟フロアは、非常に特殊な空間であることから階数に含まれていない。

異能者だけが出入りできる高層階では、弁護士や総務室の事務員、制御アクセサリ技師、医療スタッフ、調理師、居住フロアのコンシェルジュなど、執行班と情報処理班よりも遥かに多人数のサポートスタッフが働く。美馬局長は、高位の異能者を支える彼らのことを大切にしていた。

中層階にはトレーニングルーム、カフェ、美容室、大型のコンビニエンスストア、白慈も十八歳まで時折利用していた私学と私塾などがある。低層階に入居している電力会社や製薬会社、不動産会社やホテル運営会社は、すべてPCB東京のために存在する。

白慈は三十四階でエレベーターをおりた。

このフロアには制御アクセサリのファクトリーと、そして広大なワードローブ室がある。

アパレル製造を得手とする大勢のサポートスタッフが、PCBの制服のデザインは当然のこと、生地の編み立て、染色、プリント加工、裁断縫製、検針まで一貫しておこなっていた。私服に加え、帽子や靴などの服飾雑貨、靴下と下着、身につけるものはすべて揃っている。

ワードローブ室の自動ドアが開いて白慈が中へ入ると、今まで聞こえていた数十人の賑やかな話し声や笑い声が一斉にやんだ。

静まり返った広い室内に、ミシンの稼働音だけが響く。

「…………」

ワードローブ室のスタッフたちは、医療スタッフよりも露骨に白慈を恐れ忌避《きひ》する。

普段はまったく気にならない怯えの視線も、今ばかりは苛立ちの原因となった。ひとりで身支度を済ませてさっさと出て行くつもりだったが、鬱憤《うっぷん》を発散してやろうという意地悪い思いが芽生えた。

赤い瞳を素早く動かしてターゲットを探す。いつものオレンジ色の後頭部を見つけた。

わぁー、また白慈くんが近づいてくる……今日はあたしのところに来ませんようにっ——誰にも聞こえない小さなつぶやき声を、9Aセンチネルの聴覚が正確にとらえる。

残念だったな、今日もおまえだよ——心の中で嗤《わら》い、白慈と同じ小柄の背に声をぶつけてやった。

「おい、ラッシュ」

「ひっ」

制服係のラッシュが、オレンジ色の髪を揺らしておおげさに肩を竦《すく》め、伴獣のシマリスがしっぽをぼわっと膨らませた。

「あ、あたしに、なにかご用ですか……」

そばかすのある鼻をクリップボードで隠して、恐る恐る振り返ったラッシュは、今日はストリート系のルーズな着こなしをしている。日本のファッションや文化に興味があり、ＰＣＢトロント局からやってきたらしい。カナダで生まれ育ったとは思えないほどの流暢《りゅうちょう》な日本語で話す。

「白慈くんが好きそうなデザインの制服、ちゃんといろいろ揃ってるよ……。どうぞ見ていってね、それではお疲れさまです……」

「なにが『それでは』だ、勝手に話を終わらせんじゃねえ。制御アクセサリ取ってくるから、そのあいだに俺の制服選んどけ。ダセェ組み合わせにしたらおまえのシマリス絞めっからな」

「ひーぃ……！　なんでいつも、あたしばっかり」

「こいつがシマリスのこと『丸くて、うまそうだから』だってよ」

美味《うま》そうだからというのは白慈の嘘で、純粋にシマリスと仲よくしたいだけのナダは赤い瞳をきらきらさせた。しかし、ぎらついた目で睨まれたと感じたのだろう、シマリスが気を失ってコテッと倒れた。

ラッシュが「ぎゃーっ」と叫び、あちこちで小さな悲鳴があがる。ワードローブ室が凍りつく様子を、白慈は「ふん」と一瞥し、隣接している制御アクセサリのファクトリーへ向かった。

常人には見えない白大蛇の姿で、格子状に組まれた電波塔を登っていく。

地上約五百メートル地点にあるゲイン塔に到着すると獣身化を解いた。

今日の電波塔の天辺は春風がやや強い。

色斑のある黒髪が揺れ、ロゴ総柄のトラックジャケットがはためく。体長約十メートルの白大蛇から小さな伴獣へ戻ったナダは、白慈の肩に巻きついてトラックジャケットをツンツンとつついた。

「俺が好きそうな服だって？　まぁな」

ラッシュが泣きべそをかきながら選んだ制服のロゴ総柄には【ＰＣＢ】のロゴも巧みに配されている。この【ＰＣＢ】のみ、異能者だけが視認できる特殊染料でプリント加工されているため、常人にはただの派手なトラックジャケットに見えた。

「ちくしょ……気分悪い」

美馬の、『興津守君とともにタワー内で待機』という指示を白慈は無視した。

朝、シャワーを浴びたときはまだ残っていた後孔の痛みは、今はもうないが、こうしてひとりになるとわずかな違和感と屈辱感が蘇る。インナーを襟の高いシャツにして、一番上のボタンまで留めているのは、首許の吸い痕を誰にも見られたくないからだった。

「なにが『ガォ』だ、ふざけやがって」

伴獣のふりをした宗玄が心底腹立たしい。そのことに気づけず、アムールトラが甘えて体当たりしてくるのを許し、獣毛を撫でて『ナダが世話になったたな、助かったぜ』と優しく話しかけた自分の間抜けぶりを思うと頭を掻き毟《むし》りたくなる。

——美馬サンに言いそびれたな……もういいか。

昨夜のパーティー会場のフラッシュや紫色の火花は、白慈が感じている以上に深刻な問題ではないだろうかと考えた。特に火花は、佐助でも左近でもないなら、まったく別のセンチネルが会場にいたという、あり得ない意味不明な仮説が浮上してくる。ＰＣＢに興味が皆無の白慈でもさすがに放置できず、美馬にひとこと伝えるつもりだった。

だが宗玄のせいで、どうでもよくなってしまった。

「は、……」

普段は天辺まで難なく登りきれるのに。息切れするのはゾーン落ちの名残《なごり》だろう。

白慈は十四歳で初めてゾーン落ちを経験し、死の世界に片足を踏み入れた。その場に居合わせた紅丸の冷静なガイディングによって命を取り留めたが、以降、ゾーン落ちが癖になってしまう。

メディカル室に記録はあるが白慈自身は正確な回数を憶《おぼ》えていない。

『貴方がゾーン落ちするたび、ひとりまたはふたりのガイドが戦慄《せんりつ》に涙しながらガイディングをおこなうのです』

『白慈くんから強烈な精神的インパクトを受けて、物凄《ものすご》いノイズに呑み込まれて、その結果、ガイドだけが精神崩壊に陥るんだ。ぼくも手の施しようがない。みんなホスピスへ送られていく……みんなだよ』

ゾーン落ちから抜け出して目を覚ますと、ガイディングしてくれたガイドは決まって姿を消していて、硬い表情の美馬と悔しさを滲《にじ》ませた那雲にそう教えられた。

――自己中さに反吐《へど》が出る。

ガイドを無理やり自分のものにする凶暴性と、抗《あらが》いきれない獣性――異能者が発祥したとされる千年以上も前から変わらない、センチネルの根本的な性質。ガイドたちを壊してまで生き永らえようとしてきた自分は獣《けもの》そのもので、心底辟易《へきえき》した白慈は、十七歳の春からガイドを遠ざけている。

だから、〝ガイドを壊して使い捨てにする〟噂が根強く残ることは、白慈にとって都合がよかった。

「紅丸、そろそろどっかの国に着いたか……？」

白慈はスマートフォンを持っていない。つけているヘッドホンは制御アクセサリの一種で、発達しすぎた聴覚を抑える機能に加え、通話機能も備えている。

カラーレンズの眼鏡、ピアス、指輪、小型の吸収缶が埋め込まれたマスク、手袋、煙草、ロリポップキャンディ――五感を抑える〝制御アクセサリ〟は、ガイドのケアが必要不可欠な高位のセンチネルにとっては一時凌《しの》ぎでしかないが、それでもＰＣＢは莫大な資金と労力を投じて開発製造をつづけている。

　数グラムで億単位の値がつく物質を使用した制御アクセサリも多い。タワーに来たばかりの幼い白慈はそれを知らずに、支給された当日にヘッドホンを大破させたことがあった。

　――ブチギレた技師長にしこたま説教食らったな。

　ファクトリーの技師長は職人気質《かたぎ》の強面《こわもて》で、子供なら大泣きするほど厳しく叱られたが、そのときの白慈はすでに涙が出なかったことを思い出す。

　胡坐《あぐら》をかき、ヘッドホンを操作して国際電話をかける。

　ワンコールもしないうちにつながり、『白慈っ、大丈夫⁉』という紅丸らしくない焦燥の声がした。

「ああ、大丈夫だ。めちゃくちゃ元気だぜ」

『本当っ？　よかった……。もうっ、僕のほうが生きた心地しなかったよ』

「悪い、心配かけた。おまえ今どこだ、上海《シャンハイ》か？」

『今はマカオだよ』

「昨夜パーティー会場を抜けたあとどうした？　なんで飛行機乗ったんだ、しばらく東京じゃなかったっけ？」

『うん、そのつもりだったんだけど……。昨日の夜、僕たちはＰＣＢのホテルに入ったんだ。白慈と左近と佗助が同時にゾーン落ちして、タワーが大変なことになったから。川久保と椎名と芙蓉くんは朝早くタワーへ戻ったけど、僕は涼一に「便を手配したからすぐ発て」って言われて……左近と佗助も大丈夫だった？』

「知らねえ。さっき真幌がしゃべりにきたし、美馬サンも普通だったから、黒豹も山狗も生きてんじゃねえの。それより、興津守家の７Ｓガイドのこと知ってるか？　今タワーで美馬サンとしゃべってる」

『えっ！　サード、日本にいるの⁉』

「へ？　なんて？」

紅丸が驚愕《きょうがく》して大声を出したことに白慈もまた驚いた。紅丸の声を感じたいナダがヘッドホンにぺったりくっついてくる。

『そうそう、日本の名前はたしか……宗玄だったね。異能者を輩出する一族はいろんな国にあるけど、どこも事情が複雑だって噂だし、宗玄から「日本に帰国するつもりはない」って聞いてたからびっくりしちゃった』

「さっぱりわからねえな、どういうこった？」

『同じタワーで過ごすんだよ、知りたいことがあるなら本人に訊けばいいじゃない。話せることは全部教えてくれるよ。宗玄、どのくらいＰＣＢトーキョーにいるの？』

「さあ……。二週間とか三週間とか、美馬サン言ってた気がする」

『長めの滞在だね、よかった。彼がいるうちにノイズからっぽにしてもらいなよ。白慈のノイズは本当に強くて、僕はからっぽにできないけど、サードなら必ずできるから』

耳をくすぐる紅丸の声は、相変わらず甘ったるくて心地いい。

7Sと7A、最高位のガイド同士の関係は良好で、紅丸が宗玄に信頼を寄せていることが窺《うかが》い知れた。それを気に食わないと感じるのはなぜだろう。

「……………」

白慈をゾーン落ちから引き上げ、ノイズをほぼゼロにした宗玄は、間違いなく世界トップクラスのガイドだと思う。けれど白慈はこの数年の、性器の挿入を伴わない紅丸の丁寧で濃厚なケアのほうがずっと気に入っていた。

なぜ複雑な心持ちになったのか自分でもよくわからないまま、名だけを呼んでしまった。

「紅丸」

『なぁに』

「……次いつ東京に来るんだ？」

『決まってないよ、仕事ができたらまた呼ぶって涼一が言ってた』

「ふーん。俺ァ他国のセンチネルなんぞいっさい信用してねえからな。無茶なガイディングやケアすんなよ。センチネルなんかのために壊れる必要ねえんだ。やべぇ奴と組まされそうになったら断れ」

『うん、わかってる。いつも気にかけてくれてありがと。白慈も、もうゾーン落ちしないでね。

心配でたまらなくて、すぐにでもＰＣＢトーキョーへ行きたくなっちゃうから。ナダちゃんも元気でね』

「おう。またな」

レシーバーの向こうで、紅丸の伴獣のシャム猫がナーァと甘く鳴き、ナダがでれつく。

通話を切ると同時に腹が大きく鳴った。片膝を立てて仰向けに寝転び、ナダが胸の上でくるりと丸くなる。

「あー、食いそびれた。ゾーン落ちしたあとってすげえ腹が減るのに。なぁ？」

摂取も排出もしないナダは、物知り顔でウンとうなずいた。

タワーの食堂で働く調理師たちは全員が５Ｂ以下のガイドだから、高位のセンチネルたちは安心して美味い料理を好きなだけ食べることができる。一方、タワー以外の場所で製造されたものや、不特定多数の常人が触れたものを口にするのはリスクがあった。

コンビニエンスストアで弁当や総菜パンを買って食べても、外食してもかまわない。ただ、腹は膨れるがノイズも溜まる。特に蛇は嗅覚器官を口内に保有しているため、白慈は味覚と嗅覚が同時に狂う可能性が高かった。

超発達した五感と獣身化が叶う稀有な肉体を得るその代償に、多くの制約と危険に雁字搦《がんじがら》めとなるセンチネル。憂えたところで常人に戻れるわけでもない。白慈はトラックジャケットのポケットから、制御アクセサリのロリポップキャンディを取り出した。腹の足しに咥え、思惟《しい》に耽《ふけ》る。

己の残酷な運命を恨《うら》み嘆くのはタワーに来た七日目でやめた。

戊辰戦争《ぼしんせんそう》でも第二次世界大戦でも暗躍した〝使い捨ての人間兵器〟――タワーで学んだ異能者の歴史は、七歳の子供には難解だったけれども、悲惨さだけは伝わってきた。

時代がどれほど移ろってもセンチネルの扱いは変わらない。

現在もなお〝人間兵器〟と呼ばれ、危険な生物として監視・管理され、軍事的摩擦に関する事案が発生すれば直ちに動員される。その結果、白慈や佗助たち多くのセンチネルが死亡しても、美馬は新たに覚醒した兵器をＰＣＢ東京へ連れてくる。

それでかまわないと白慈は思っていた。

――美馬サンも那雲センセーも、政治家のおっさんたちも、みんな好きなようにセンチネルを利用すりゃいい。俺はそれ以上に好き勝手やる。

危険と多くの制約に縛られているが、白慈は不自由を覚えたことはなかった。

むしろＰＣＢほど理想的な環境はないとさえ思う。

犯罪者を叩き潰して再起不能にする瞬間に、白慈は満悦を覚える。それを合法的に叶え、万全のサポートまでおこなうＰＣＢ東京は大いに利用価値があった。

男に摩耶の命を奪われ、白慈がセンチネルに覚醒したその場にあらわれたのは、若き美馬だった。男を捕らえて警察に引き渡し、身寄りのない白慈をタワーへ連れてきた美馬には恩義がある。だから難しい指示も緊急の依頼も引き受ける。

　しかし美馬に対してひとつだけ不満があった。

『9Aセンチネルである貴方が一般人に害を及ぼせばPCB東京がどうなるか――わかっていますね』

　局長が決まりきった言葉をしつこいまでに繰り返し伝えてくるのは、白慈が男を見つけ出してどうするか知っているからだ。

　美馬には悪いが、男を殺したあとのPCB東京がどうなろうが知ったことではない。男を見つける日までPCBに利用されてやる、そしてそれ以上に利用していく。

　白慈なりに居心地よく過ごしている。ただ時折、今回のような面倒事に巻き込まれることがあった。

「この俺に新参ガイドの相手なんかさせんなよ。だり……」

　ひとりぼやいてまぶたを閉じた、そのときだった。

　シャン――……

　地上約五百メートル地点で耳にするはずのない音が明確に聞こえ、白慈は閉じたばかりのまぶたを開いた。

　ばっと身体を起こした瞬間、影が頭上をよぎる。

　鳥ではない。もっと大きな、なにかだ。

見上げてもすでに遅く、青空が広がるのみだった。

「ナダ。視たか、聴いたか？」

超発達した五感でも捕まえられないときは、より超常の世界に生きる伴獣を頼る。

縦長の瞳孔を限界まで細くしたナダが、なにかをとらえている。同じ方向を透視したが、白慈の目には映らなかった。

神楽鈴《かぐらすず》のような、あるいは瓔珞《ようらく》が触れ合って鳴るような音だった。

美しく清澄《せいちょう》な音色ではあったが、センチネルの本能が「警戒せよ」と働きかけてくる。

「警戒しろって言われてもな……もう聞こえねえし、なんもいねえし。なんだったんだ？」

解せない現象に首をかしげたとき、耳許でピピッと緊急を知らせる電子音がした。

白慈はヘッドホンを操作して通話をつなげる。

『美馬局長より緊急指示です』

牝鹿《めじか》を伴獣とする7Cガイドの橘《たちばな》だった。その声は機械を通してもノイズを生まず、センチネルの耳に凛《りん》と響く。

『都内ベイエリアで遺体発見。警察が向かっていますが、初動捜査に立ち会うよう、美馬局長より指示が出ました』

「初動捜査？　無理だろ。許可証あんのか？」

『発行されました』

「東京湾のどこだ」

『第二埠頭付近です。現在、興津守さんが許可証を所持し、車で白慈さんのところへ向かっています』

心の中で舌打ちをする。

警察が入ればＰＣＢは不干渉。それが基本規定だ。わざわざ許可証まで発行させて宗玄と白慈を向かわせるとは――。

『ピックアップ地点を興津守さんに伝えます。どちらにされますか？』

「いらね。特別階級７Ｓガイドさまだ、電波塔の近くまで来りゃわかるだろ」

『了解しました。お気をつけて』

ＰＣＢ東京で最も真面目なガイドの、型に嵌まった言葉で通話は切れた。

「美馬サン、らしくねえな。浮かれやがって……」

苛立ちはするが、落ち着いて考えれば、この一件の緊急事案で宗玄とのバディが早々に終わるかもしれない。

否、必ず終わらせてみせる。白慈は獣身化し、白大蛇の姿で電波塔を伝いおりていった。

眩《まばゆ》い青天は得意ではない。

摩耶を喪《うしな》ったあの日を強く思い起こさせる。

彼女が凶刃《きょうじん》に息絶えた瞬間、七歳の白慈の黒髪は真っ白に、瞳は禍々《まがまが》しい鮮血色に一変した。

カラーレンズの眼鏡をかけて制服のフードを被っても、陽光のもとでは目立つ。

白慈は夜の歓楽街のほうが好きだった。俗っぽいネオンにまみれた不夜城はこの怪異な姿を受け入れ、隠してくれる。

摩耶にナイフを突き立てた男の顔を、白慈は見ていない。

十二年間それを後悔しつづけている。一瞬でも見ていれば透視能力を使って居場所を突き止め、とっくに殺しているのに。叶わないまま、男は六年の刑期を終え、社会復帰してさらに六年が経ってしまった。

『あぁ。これは、とてもいいものだね……』——顔を見ていない白慈が持つ手がかりは、男がつぶやいたひとことだけだった。

だから白慈は今日も東京の中心地に立ち、あの男の声を捜す。

宗玄の車はまだ到着していない。電波塔近くの大通りで人の姿に戻り、制御アクセサリのヘッドホンを外した。

「……っ」

途端に発生したノイズにギギッと体内と精神を引っ掻かれる。痛みを堪《こら》え、まぶたを閉じて聴覚を解放した。

無数の話し声、アスファルトを打つ夥しい靴音、大きな笑い声、あちこちで重なるクラクション――あらゆる空気振動が轟音となって流れ込んでくる。

男の声は絶対に聞き逃さない、だが見つからない。ノイズが急激に膨らむ。

キイィ――――……と耳鳴りが増幅していく。鼓膜が破裂しそうになったときだった。

「おい、白慈」

ハッと目を見開く。

瞬刻、世界が無音になる。

宗玄の極めて短い言葉ひとつで、白慈を苛む強烈な轟音が一瞬で遠ざかっていった。

「なに突っ立ってる。早く乗れ」

運転席の窓に腕をかけた宗玄は不思議そうな表情をしている。白慈が能力を使ったことに気づいているか、否か、わからない。暴走寸前の五感を声だけでコントロールされたのは初めてで、不覚にも7Sガイドの存在感に圧倒されてしまった。

アムールトラが後部座席の窓から顔を出し、興味深げにきょろきょろしても、当然、大通りを行き交う人々は気づかない。ナダに早く乗ってほしいようで、「ガーゥ」と柔らかく吼《ほ》えて呼ぶ。白慈は、やたらぴかぴかに磨かれた車の運転席へ近づき、動揺を隠すために自分から話しかけた。

「なんだ？　なんで新車？」

「さっき総務室の笹山《ささやま》からキーを受け取った。美馬局長直々の指示があって手配しておいたと。俺の専用車だそうだ」

「ほんと美馬サンどうかしてんな」

宗玄はPCB東京の制服を着ている。ネクタイとシャツにロングコートを合わせてベルトを締めるスタイルは、左近と同じで、白慈とは正反対のお堅いタイプの異能者が好んで選ぶものだった。

「……あ。忘れてた」

ナダがヘッドホンをつつく。装着を失念したのは柄《がら》にもなく動揺したせいだろうか。車に乗ろうと後部座席のほうへ向いたとき、宗玄に腕をつかまれて引き寄せられ、つけたばかりのヘッドホンを外された。

「なにすんだっ」

整った顔が間近に迫り、大きな手が耳を塞《ふさ》いでくる。

「俺を待つあいだ聴覚を使っていたな」

「……っ」

耳殻《じかく》の軟骨をコリッと強くいじられる。声色と言いかたで、車がここに到着する前から気づかれていたことを知った。

応急的なケアでも威力があり、宗玄に捕まったノイズがバチバチと恨めしげな音を立てて消えていく。鼓膜が破れるかと思うような激痛も治まったが、７Ｓガイドの力にいちいち驚くのがばからしくなってくる。

センチネルの聴覚が正常に機能し、ふいに、離れた場所で信号待ちをする女性同士の耳打ちの会話をとらえた。

――ねえ、あのふたり見て。女の子おしゃれでかわいいね。男の人は外国人かな？

――ほんとだぁ、かっこいい！　ドラマの撮影みたい。耳触《さわ》ってるし、キスしそう。

「いきなり触んな」

パシッと宗玄の手を払いのけて、今度こそ後部座席のドアを開けた。

耳を撫でられただけで済んだが、もし嗅覚や味覚を使っていたら、宗玄は人の多い大通りでも憚《はばか》らず深く口づけ、白慈に唾液を飲ませたのだろう。

「せま……というか、おまえでかすぎ」

後部座席はアムールトラの巨体に占領されて座面がほぼ見えていなかった。もふもふをぐいっと押して座る。局長室でアムールトラが八咫烏に夢中になっているところを目撃したナダは、やや警戒してじりじり近づき、獣毛の中へ入っていく。

車に乗る前から空腹を刺激する匂いが漂ってきていて、その出処《でどころ》であるキャンバスバッグを手渡された。

「なんだこれ。メシ？」

「タワーの食堂の料理だ。おまえ、起きてから一度も食事してないだろう。なぜ食堂へ行かなかった？」

喉まで出かかった「てめえがタワーにいるからだろうが」という言葉を、ぐっと呑み込む。

「現場に着くまでに食べろ。ゾーン落ちは死と同等で、ガイディングの成功率が百パーセントになることは決してない。奇跡的に抜け出せても肉体は死を纏っている。生の活力を得るために、ゾーン落ち直後は通常の倍量を摂取せよと教えられたはずだ」

「説教いらね。いっただっきまーす」

厭味《いやみ》たらしくぞんざいに返すと宗玄は溜め息をつき、ゆっくりハンドルを切った。車がなめらかに走りだす。

恨み言は山ほどあるが、昨夜の行為を蒸し返すのは自滅的だし、この一件でバディを終わらせるためにも今は意固地にならないほうがいい。

ヘッドホンを横に置き、白慈は「いただきます」と手を合わせて、大型のランチボックスの蓋《ふた》を開ける。ミートボールのトマト煮、半熟卵、楤《たら》の芽のフリット、キャロットラペ、海老《えび》とブロッコリーのパスタサラダ、五穀米が隙間なく詰め込まれていた。

「これ詰めたの誰？　コック？」

「俺だ。それくらいするだろう、普通」

「いや、しねえだろ、普通……」

センチネルを無条件に甘やかすのは、熟達したガイドに共通する癖だ。覚醒して日が浅いガイドには難しい。

虎がレジャーシートをぐいぐい引っ張り、白慈の腿に乗せた。

「なんだ？」

「シートを敷いて食べろ。俺の新車にこぼされたくない」

「こぼすかっ。なにが俺の新車だ、いちいちいけ好かない野郎だぜ。三週間後には別のガイドが乗りまわしてるわ」

「出会った昨夜からまだ一度も笑顔を見せてもらえてないな。カリカリしっぱなしだと疲れるぞ？　ノイズも溜まるし。まぁすぐに消してやるが」

なにがそんなに面白いのか、宗玄が肩を揺らして笑う。物欲しそうな虎がハッハッと息を弾ませながら白慈とランチボックスを交互に見てくる。

「食いづれえ……」

もこもこの額を指で小突くと、嬉しそうに「おれ、パーディシャ」と思念波を送ってきた。

「へ？　ぱーでぃ？　おまえの名前？　なんでそんな覚えにくい発音ばっかなんだ？」

「トルコ語だ。俺の母親はトルコ国籍だし、俺はトルコを旅行中に異能の力に覚醒した。呼びにくいならパーデでいい」

「あ、そう……」

　私的な情報がさらりと出てきて驚いてしまった。先ほどの電話で紅丸が『話せることは全部教えてくれるよ』と言っていたことを思い出す。

「バディが怒ってばかりでなかなか自己紹介させてくれないから困り始めている。あらためて名前から伝えようと思っているのに」

「好きにしろよ、そんなもん……。長すぎる名前はもういい、玄《げん》だろ、覚えた」

「二文字……ずいぶん短縮されてしまったな。——オーストリアの国際ＰＣＢ機構直属だが、普段はアンカラ局やシンガポール局を拠点に各国のＰＣＢで仕事をしている。趣味は少々のアルコールと、世界遺産……まぁこの仕事をしていると自然に訪れるようになる。十六歳まで日本で暮らしていたから不便はない。今は二十七だ」

「二十七⁉　おっさんじゃねえか」

　裏返った声で率直に言うと宗玄はまた笑った。

　ふいに、手の甲の触覚が働いて、白慈は視線を落とす。現場は少し先だが、嗅覚と触覚が潮の香りに紛れた死臭をとらえた。食事を急ぐ。信号が赤になって車が停止すると、バックミラー越しに視線を感じた。

「なに見てやがる」

「いや……、食事を用意した俺が言うのはおかしいが……。このあと遺体を確認するのによく食べられるな、と。シックバッグを手に持っておく、吐き戻す前に言ってくれ」

「何年センチネルやってると思ってんだ。水死体見るのなんか初めてじゃねえ。おまえこそびびってゲロ吐くなよ」

　ベイエリアに入り、宗玄は第二埠頭近くの駐車可能な場所でエンジンを切った。一般的な衛生マスクを装着して、白慈には制御アクセサリのマスクを手渡す。

「つけておけ。責任者に許可証を提示してくる」

　白慈にとって制御アクセサリは自分でファクトリーへ取りに行くものだった。バディのガイドに用意されたことがなかったから少し驚いた。装着すると、小型の吸収缶がプシュッと音を立てる。

「あいつ、現場対応とか慣れてんの？」

　手持ち無沙汰になった白慈は、獣毛の先をねじりながらパーディシャに訊《たず》ねた。仕事中、どうしても必要になれば警察と話をするが、得意ではないのでバディが動いてくれるのはありがたい。

　宗玄はすぐに戻ってきた。

「現場統括の捜査官は過去にも一度、ＰＣＢと仕事をしたことがあるそうだ。おかげで話が早かった。もちろん〝イリミネイト〟も周知徹底していると。マスクは機能しているか？　死臭は苦しくないか？」

「俺は被害者の死臭を嫌だと思わない」

「そうか。今なら報道関係者はほんの数人だ、大勢が来る前に終わらせよう」

宗玄と、ナダを背に乗せたパーディシャが並んで先を行く。

白慈は少し離れて歩いた。

ＰＣＢが使う言葉〝イリミネイト〟には、ふたつの意味がある。ひとつは、インターネットやＳＮＳに掲載された異能者の画像と動画を徹底的に削除すること。もうひとつは、ＰＣＢ東京局の存在を漏洩《ろうえい》した政府関係者や警察官を〝消す〟こと——その権限を、美馬は内閣府と警察庁から与えられている。

後者を周知徹底された捜査官や鑑識官は、グリーンレンズの眼鏡に派手なトラックジャケットという現場に不適当な格好をした若者が規制の黄色いテープをくぐり抜けても、誰も気にしない。

中には好奇の視線を向けてくる若い警察官たちがいる。そんなときは赤い蛇眼《じゃがん》を見開き、牙を剥いて嗤ってやればいい。人ならざる不気味な姿に目を逸《そ》らし、イリミネイトを恐れて守秘義務を遵守《じゅんしゅ》するようになる。

「よろしくお願いします」

現場統括の捜査官が宗玄と白慈のところへ駆け寄ってくる。遺体にはブルーシートがかけられ、寝台自動車に乗せる準備が進められていた。

「被害者は十代から三十代の女性です。検死はこれからですが、胸部と腹部に切創があり、失血死と見ています。着衣に乱れはありません。捜索していますが現在のところ所持品がひとつもなく、身元特定が厳しそうで……些細な事柄でも、わかることがあればお願いします」

「遺体に触れるか？　手のひら、額あたり？」

「額がいい。読み取れる可能性が一番高い」

答えると、宗玄はすぐに「遺体の額部分に素手で触れることは可能でしょうか」と捜査官に掛け合い、二匹の伴獣に「所持品を捜してくれ、海側を頼む」と思念波を送る。

パーディシャがコンクリートの護岸の際《きわ》を歩き、彼の背に乗るナダが海を覗き込む。

十数人の関係者が慌《あわ》ただしく動く中、白慈は立ち尽くして冷たい色のシートを見つめた。

「……畜生《ちくしょう》」

犯人への怒りが湧いてくる。見つけ出し、被害者が味わった以上の恐怖と苦痛を与えたくなる。

事件の捜査や追跡を、異能者がおこなうことは少ない。それは警察の仕事だ。

『決して思い違いをしないように。PCB東京局の本来の責務は、事件・事故を〝発生直前に防ぐ〟ことです』――美馬は折々に厳しい口調でセンチネルたちに伝えてくる。白慈も、未然に防いで犠牲者をひとりでも減らしたい。しかしそれは、超発達した五感を以《もっ》てしても非常に困難なことだった。

亡骸《なきがら》のそばに膝をついて、深く首を垂れる。

被害者の女性は若い。本人の無念と、残された家族の絶望と悲痛は如何許《いかばか》りだろう。

ブルーシートを額まで捲《めく》った捜査官が立ち上がって一歩下がり、宗玄と並んで静観する。

白慈はひとしきり悼《いた》み、額に貼りついた前髪を指先で整えた。

ノイズが大量発生するのもかまわずに、触覚を限界まで研《と》ぎ澄ます。残留思念を読み取るため、氷のように冷たくなってしまった彼女の額に触れた。

「――」

息絶えてから時間が経過していることと、海水に浸ってしまったことが妨げとなる。センチネルの触覚でとらえられる残留思念は、強烈な思考的・感情的インパクトで、日常的なものは読み取りにくい。

それでも被害者を家族のもとへ帰したい一心で、肌に残る思念を探る。

「独身……。いつも輝志駅《きしえき》を使ってる……家の最寄り駅か？　勤め先は、はっきりしない、たぶん港区《みなとく》とか、そのあたり……。何万もある会社をどうやって調べるか知らねえけど、ひとり暮らしなら無断欠勤になってて、勤め先がケータイにかけたり、早けりゃ家に行ったりしてるんじゃねえの」

「輝志駅ですね！　おいっ、誰か練馬区《ねりまく》に車まわせ、それと、捜査支援センターに報告！」

捜査官が指示を出し、若い部下が「行きます！　応援も呼びますっ」とスマートフォンで通話しながら走っていった。

異能の力を目の当たりにした捜査官が興奮ぎみに訊いてくる。

「顔見知りによる犯行でしょうかっ？　交際トラブルと、か――」

「待ってください」

白慈の様子を訝《いぶか》しんだ宗玄が捜査官の質問を遮《さえぎ》った。

「ノイズがひどい。手を離したほうがよくないか」

「……………」

被害者の身元判明と犯人逮捕につながる情報をひとつでも多く得て、捜査官に伝えたいが、死亡者の残留思念に深入りするのは危険だった。

眩暈《めまい》を覚えるほどノイズが発生している。呼吸が荒くなる。しかし亡骸から手が離せない。

彼女が懸命に訴えかけてくる。

知らない男に殺された。脅《おど》しも辱《はずかし》めもなく、ただ刺され、裂かれた。

男は満足げに微笑したようだった。と。

「これ、は」

汗がどっと噴き出て、胃の中のものがせり上がってくる。

これは怨恨《えんこん》や性的暴行が目的ではない、白慈が最も忌《い》み嫌う――。

「――無差別……快楽殺人、だっ！」

「白慈っ、もういい手を離せ」

　宗玄に手首をつかまれてようやく額から手を離すことができた。水死体に触れた場合は速やかな滅菌が必要で、カタカタと大きく震える手に宗玄が消毒液を吹きつける。立ち上がれず、横抱きにされた。

　今にも吐き戻しそうで大きな声が出せない。宗玄のロングコートを握り、掠《かす》れ声で伝える。

「犯人……知らない、男、だった……、って」

「わかった。――被害者は面識のない男に殺害されたそうです。無差別殺人のようです。申し訳ない、これで失礼する」

「は、はいっ、ご協力感謝致します！」

　捜査官と短いやりとりを終えた宗玄は急ぎ車へ向かい、パーディシャがすぐ追いつく。

　ナダがまた泣きそうになっているのに宥めてやることができない。

「残留思念に深入りしすぎたか。９クラスのセンチネルによくあることだ」

「……、…」

「あれだけ情報が揃えば充分だ、日本の警察なら被害者の身元を割り出す。犯人の特定に手間取るかもしれないが」

　後部座席に倒れ込む。ドアを閉めた宗玄は自身のマスクを外し、白慈の制御アクセサリに手をかけた。小型の吸収缶がプシュッと鳴ってマスクが離れる。

「う、……」

「ひどい汗だな。ジャケットを脱ぐか？　吐いたほうが楽になるか？」

首を横に振る。シャツのボタンを外され、首許やうなじの汗をハンカチで拭われた。

分厚い体躯が覆い被さってくる。震えの残る手のひらに、大きな手が重なる。

体格差を思い知らされるのも、妙にいやらしく絡まってきた指も癪《しゃく》だった。しかし今このガイドの制御がなければ五感が暴走してしまう。

ガイド側にも痛みが生じているのに、宗玄は涼しい顔で、白慈の手のひらに溜まったノイズを消しながら言った。

「遺体の扱いが非常に丁寧だった。おまえの気性の荒さからは想像できなくて、驚いた」

「は……？　被害者の無念を考えてみろ、遺族がこの先どんな思いで生きていかなきゃならねえか想像してみろよ、丁寧に触るのは当たり前のことだろうがっ」

「尤《もっと》もだ。……聞いていた噂とは少し違う。感傷的にもなるんだな」

「うるせえっ」

「おとなしくしろ。しつこいノイズだ」

薄紫の瞳と赤い瞳が激しく搗《か》ち合う。

ケアする宗玄とケアされる白慈は至近距離で睨み合った。そのあいだにも、触れられているところから薄いノイズが消えて、眩暈と吐き気が治まってくる。

根競《こんくら》べのようになったそれに、先に音を上げたのは白慈だった。

「……は、ぁっ」

睨み合いから視線を外し、ノイズ消散の快感に吐息を漏らすと、宗玄は満悦の笑みを浮かべた。

「白慈――苗字は棄《す》てたそうだな。七歳で覚醒。９Ａセンチネルは世界各国のＰＣＢで話題になりやすい。当然、日本の９Ａも。特におまえは覚醒年齢の早さと、能力の高さと獰猛性で注目されて、東京局の〝毒蛇〟と呼ぶ者もいる。おまえを引き抜きたいＰＣＢが海外に多くあることを知ってるか？」

「ハッ、救いようのねえくだらなさだな。俺はＰＣＢに興味ねえんだ、どうでもいい、好きなように呼べ。引き抜きだのなんだのは暇人同士でやってろ」

「十代なかばという幼さで複数人のガイドを破壊し、棄てた噂がある」

「噂じゃねえ事実だ。おまえも壊して棄ててやろうか？」

「７Ｓであるこの俺を？　壊せるものなら壊してみろ」

顎をグッとつかまれて身体ごと仰向かされる。顎を離れた手がうなじにまわり、鷲《わし》づかみにされた。唇が迫る。

「んっ、ぅ……！」

唇を塞がれてすぐに口内が宗玄の舌でいっぱいになる。

腹立たしいのに、奥まで入ってきたふてぶてしい舌を追い出すことも、蛇の牙を立てることもできない。それどころか、唾液をたっぷり纏う舌をじゅっと吸ってしまう。

身体を密着させるだけでは消えなかった強力なノイズが、体液摂取により散っていく。その快感に白慈は身を小さく震わせた。

「……ぁ、…」

舌が出て行ってしまい、おのずと声が漏れる。

物欲しそうに聞こえただろうか。濡れた唇が笑みの形になり「そのまま唇を開いて待て」とささやく。ほんの数秒、待つあいだ、伏せられた白金色まつげを見つめた。

宗玄はうなじを鷲づかみにしている手をほどき、襟足をくすぐる。

そうしてまた、滴《したた》るほどの唾液を含ませた舌を、白慈の口の中へ深く差し込む。

ノイズが消えるのが気持ちよくて、夢中で吸った。宗玄も舌を動かす。肉感の異なる粘膜同士がぬるぬると絡み合い、クチュッと音が立つ。

「は、ァ……、ちく……しょ」

顔を背けて、やたら整っている顔面を押しのけた。

気に食わないガイドの体液でも喜んで貪るセンチネルの本能が、つくづく嫌になる。

宗玄は、自分の鼻と口に当てられた白慈の手のひらを舐めた。

「やめろっ」

「いいな、気持ちよさそうだ。あと少しでノイズが完全になくなる。フェラするか？　それともまた腹で飲むか？　両方で飲んでもかまわない。俺の精液が欲しいだろう？」

白慈は慄《おのの》き、ぞっと肌を粟立てる。

宗玄の精液が欲しい――今、センチネルの本能が勝手に答えようとした。

「黙れ」

これ以上、本能にも玄《げん》にも好き勝手させてたまるか――白慈は身体をくるりと返してうつ伏せになり、硬い腹に肘鉄を食らわせた。

「っ！　……加減しろよ、獣身化できるだけで肉体は常人と同じなんだぞ、おまえたちセンチネルとは違う」

本気で痛がる宗玄は恨めしげに言って、腹を摩《さす》りながら上体を起こす。ようやく長躯の重みから解放された。

抱擁、キス、口淫と体液摂取、性器の結合――ガイドと深く絡み合うほどノイズが消え、能力の安定が叶うセンチネルは、貞操観念が低く、性に奔放《ほんぽう》な者も多い。白慈も然《しか》りで、命を維持するために躊躇《ちゅうちょ》なく行為に及び、男性も女性も抱いてきた。

しかしガイドを遠ざけて二年が経つ今は、挿入することにためらいがあり、そして挿入されることには強烈な抵抗感があった。

宗玄は白慈に水のペットボトルを渡し、冗談交じりに笑う。

「おかしい……世界中のセンチネルが俺を熱く求めるというのに」

「冗談なら微塵《みじん》もおもしろくねえし、本気で言ってるなら思い上がりにもほどがある」

起き上がって服を整え、水を飲む。後部座席のドアを開けた宗玄は、そこで待つ二匹の伴獣に驚くほど優しい声をかけた。

「外で待たせて悪かった。心配だったよな、もう大丈夫だ。乗ってくれ」

ナダが放たれた矢のようにビュンとまっすぐ飛んできて、白慈にぐるりと巻きつく。ナダの純白の胴体をぽんぽんと優しく叩いて宥めながら、できるだけ端に寄り、図体が大きいアムールトラのために座面を広く空けた。

それなのに、パーディシャがわざわざ膝に乗り上がってくる。

「なんでだよっ……重てえ！」

「白慈のことが気に入ったんだろう。もともと各国のＰＣＢで噂を聞いて、いったいどんな奴かと気になっていたが、直接会って俄然《がぜん》おまえに興味が湧いた」

「言ってろ」

緊急事案を処理して気持ちに余裕ができた白慈は、宗玄の言葉をさらっと受け流し、パーディシャの首のもふもふに手を突っ込んだ。

『少なくとも一度は９Ａセンチネルとバディを組む。こちらが今回の滞在条件のひとつです』

美馬に振りまわされたが、９Ａとしての役割は充分すぎるほど果たした。

バディは終了し、この面倒事から解放される。明日から白慈は、いつも通りボンディングルーム二号室で三度寝をして、単身で仕事をする。宗玄は滞在終了まで好きなセンチネルたちと組めばいい。

運転席に座った宗玄がシートベルトを締めながら言った。

「残念だな、バディはまだ終わらない」

「勝手に人の頭ん中覗《のぞ》くな」

ガイドは、センチネルの感情や感覚を正確にとらえる〝共感力〟と、思考を読み取る〝読心力〟を持つ。常人とは影響し合わないこのふたつの能力は、センチネルの強大な力を制御するためだけに備わっていた。

「センチネルの頭の中を読む趣味はないな」

バックミラー越しに、薄紫の鋭い目に見据えられる。

「おまえの顔に書いてある。これでバディ終了だ、ほかのセンチネルたちと好きに組めると。残念だがまだ終わらない」

「は……？」

「俺と白慈のバディは明日以降もつづく。これは美馬局長の決定事項だ。俺の言葉が信じられないならタワーへ戻り次第、局長室へ行くといい」

宗玄が車を発進させる。白慈は唇を噛む。

昨夜のパーティー会場での予期せぬゾーン落ちから始まり、望まない性交による強引なケア、納得できないバディ組み、ひたすら苛つきながら、警察の初動捜査に立ち会うという異例の緊急事案を処理して——ようやく平常が戻ると思ったのに。

また苛立ちに塗り潰された。力任せに獣毛を握りしめてしまい、驚いたパーディシャがぎゅっと目を閉じて、ナダが優しくしろと怒ってくる。

乱してしまったふさふさを丁寧に撫で、考える。

こうなったら、美馬サンが納得するくらい仕事を捌いてさっさとバディを解消するまでだ——。

2

ＰＣＢ東京局・執行班の活動は、現行犯の確保と警察への引き渡しを中心に、事故や火災現場からの人命救助、潜入捜査、違法薬物摘発、要人警護など多岐《たき》にわたる。それぞれが機密案件であり、異能者は担当外の仕事への干渉を禁じられていた。

担当外の仕事も、誰と誰がバディを組むかも興味はない。白慈は獲物を——現行犯を再起不能になるまで徹底的に痛めつけることができればそれでよかった。仕事は全うしないと気が済まない性分だから、身柄の引き渡しは確実におこなうが、自分が担当する案件も終わればすぐ忘れるのが常だった。

それなのに、第二埠頭の殺人事件が脳裏に残っている。被害者女性と家族の無念に囚《とら》われるのはよくない。事件を忘れるため、そして宗玄とのバディを一刻も早く終わらせるために、白慈は数日のあいだ集中して仕事を捌《さば》いていった。

時刻は二十三時十五分。

場所は、湾岸高速道路から一般道路へのインターチェンジ付近——。

「新車だぞ、いいかげんおりろ」

「だりー。同じこと三回も言うな、二回言ってダメなら諦めろって」

「パーデに言ってる。おまえがおりるのは最初から期待してない」

白慈は、宗玄の専用車のルーフに胡坐をかき、タワー内のカフェから持ってきたショートブレッドを食べていた。

パーディシャもルーフの上に寝そべっている。柔らかな獣毛に埋もれて眠るナダが気持ちよさそうで、白慈は分厚いもふもふに人差し指をぷすりと挿した。

ひとりと二匹をおろすのを諦めた宗玄は、大きな溜め息をつくと、完全に仕事に切り替えたようだった。車体に軽く凭《もた》れてスマートフォンを操作し、報告してくる。

「クルーズ船は予定通り二十二時に国際客船ターミナルに着岸した。そこから一時間と少しが経過……ターゲットはそろそろあらわれるか？」

白慈はもぐもぐしながらうなずいた。

先ほどから嗅覚が麻薬と、そして鉛《なまり》の臭《にお》いをとらえている。

今夜の仕事は、密輸薬物の回収と運搬役の身柄確保――取り締まりは年々厳しくなっているが、空港より港湾のほうが若干セキュリティが甘いという印象があり、麻薬組織は隙間を突いて薬物を大量流入させる。

ショートブレッドを食べ終えた白慈は指先の屑《くず》を払った。センチネル専用の水を飲み、ふと思い出してつぶやく。

「グローブ忘れた」

なくても別にいけるけど、と言い足すより早く、宗玄が助手席に置いているバッグから制御アクセサリの手袋を取り出した。

「ノイズはすぐ消してやれるが、つけておけ。怪我の防止になる」

「………。どうも」

第二埠頭の現場でもマスクを渡してきたし、用意周到な奴だ。疲れねえのかな――そのようなことを考えながらレザーグローブを嵌める。ギュッと音を立て、指を強く組んだ。

ターゲットが近い。目を覚ましたナダが白慈の腕に巻きつく。口で空気を吸い込み、口内にある蛇の嗅覚器官で確かめた。

「やっぱ鉛臭《くせ》えな。ドラッグだけじゃねえ、拳銃と銃弾も運んでやがる」

「なに……？　銃器までとは……危険になるな」

パーディシャと一緒にルーフからおりる。拳銃と聞いた宗玄は、緊張した面持ちで運転席に乗り込んだ。

「白慈、早く乗れ」

高架道路の先はビルに隠れている。白慈は蛇眼を見開いた。

ビルの向こうの黒い軽自動車、それに乗っている男たちまでを透視する。

「来た。今インターチェンジから一般道に出た、黒の軽。三人乗ってる」

「タワーの事前情報はふたりだと……、――白慈っ？」

驚く宗玄に向かってニッと嗤い、獣身化した。

「車なんかでチンタラ追いかけるかよ。ついて来れねえなら今夜バディ解消だな」

そうして蛇体を大きくうねらせ、一般道を高スピードで進む軽自動車を追いかけた。

「速い……！」

宗玄の驚愕の声があっという間に後方へ遠ざかる。

平日深夜の道路を走る車は疎《まば》らだった。一台の車を追い抜いた白慈は、白大蛇の巨体を高く跳躍させる。空中で獣身化を解き、だんっ、と軽自動車のルーフに着地した。

「なっ、なんだ今の音……」

　車内の男たちの慄く様子が視《み》える。肩に巻きついたナダと笑い合い、一緒に逆さまになってフロントガラスを覗き込むと、「ぎゃあぁっ！」という安っぽいホラー映画みたいな絶叫が聞こえた。

「くそっ、ＰＣＢか⁉　都市伝説じゃねえのかよっ」

「ＰＣＢ対策で頭数を増やしたんだろうが、なんとかしやがれ！」

「振り落とせ！」

　痛めつけ甲斐《がい》のある気丈な男が乗っていると思ったが、期待が外れた。わめくしか能がない男たちのことが煩わしくなる。

「ごちゃごちゃうるせえな」

　車は制限速度を大幅に超え、ビュオォと夜風が唸る。

　白慈を落下させようと、運転手の男が車体を左右に激しく振る。それを無視し、確認した後方には車が一台も走っていなかった。

　宗玄は追いつくことができていない。白慈はフッと笑い、レザーグローブを嵌めた手で助手席の窓ガラスを、ガンッ、ガンッと殴る。

　三度目の殴打でガラスは粉々に砕け、破片のほとんどを浴びた男が叫ぶ。四度目の拳を顔面に受けて、鼻血を散らしながら気絶した。

「撃てよっ、早く！」

「あ、当たって、死んだら……」

「撃てって、拳銃か？」

「うわぁっ！」

後部座席の窓ガラスを破壊しただけで男は飛び跳ねるほど慄いた。

「そんなびびってたら絶対に当たらねえって。ちゃんと操作できんのか？　下手すりゃ手が吹き飛ぶぜ？」

「だっ、黙れ！」

後部座席の男がぶるぶる震える両手で拳銃を向けてくる。

発砲音を想定した白慈は聴覚が暴走しないよう身構えた。

鮮血色の蛇眼をかっと見開く。パンッと発砲音が鳴る。銃口から実弾が放たれるさまが、スローモーションで視えた。

ゆっくり近づいてくる弾丸を躱《かわ》して言う。

「へー。撃ちかた知ってたんだな」

「嘘、だろ？　避け――」

面倒になった白慈はふたたび獣身化して車内に入り込み、普段は常人に見せない白大蛇の姿をあらわしてやった。

「ひぃぃ……！　蛇ッ、蛇が‼」

「もう嫌だ！　助けてくれえっ！　……ぐ、ぅ」

長い胴体を、ふたりの首に同時に巻きつける。軽く絞めただけで失神した男の手がハンドルから離れ、車が歪《いびつ》なカーブを描いて道路から飛び出した。

間違いなく衝突するが死なれてはさすがに困る。外に出て、白大蛇の胴体を軽自動車に巻きつけ、進行と反対方向へ引っ張って減速させた。ギュイィッとタイヤが音を立てる。

車が高架橋のコンクリート柱に衝突した瞬間、白慈は飛び退《すさ》り、宙をくるんと回転しながら人の姿に戻って着地した。発砲音のせいで痛む耳を摩る。

「あ、まずい。けっこう潰れたか」

視覚と嗅覚を使い、ガソリンやオイルが漏れ出ていないことを確認した。

制限速度を守る宗玄がここに来るのは数分後だろう。白慈は三人を車内から引きずり出し、意識を取り戻した男の髪をつかんで上を向かせる。

「う……、ぁ」

「二度とくだらねえ真似すんなよ。俺はおまえらのこと簡単に見つけられる。次やったら命がなくなると思え」

「……もう、しませ、ん。……ぐぅっ！」

髪を放して顔面を殴る。三人まとめてさらに殴打を加えようとしたときだった。

「白慈！」

厳しい声で名を呼ばれて振り返った白慈は、思っていたよりも早く宗玄が到着した理由にチッと舌を打つ。

「獣身化できるんだった……」

アムールトラがしなやかな動きで駆けてくる。宗玄の獣身化を見たのは、伴獣のふりをされて騙《だま》されたあの日以来だった。

人の姿に戻った手にはすでにスマートフォンがあり、宗玄はタワーへ連絡する。

「センチネルが三名のターゲットを確保した。いずれも男で重傷、救急車を頼む。軽自動車がコンクリート柱に衝突し前面が大破。現在は引火なし。軽自動車には密輸薬物に加え、銃器の積載疑いあり」

白慈は男たちを何度も蹴り、踏みつける。大腿骨《だいたいこつ》の折れる音がして、男が気絶したまま唸った。タワーと通話中にもかかわらず宗玄が怒鳴る。

「やめろっ、必要以上に傷つけるな！　パーデ、押さえろ！」

パーディシャが狩りの動きで飛びかかる。鋭い爪を剥き出しにした前脚で白慈を押さえつけ、グァオッ！　と本気の咆哮《ほうこう》を浴びせかけてくる。

「うるせえっ、どけ！」

「ターゲットのひとりが拳銃を所持、センチネルに向けて一発を発砲した。センチネルに怪我なし。弾丸および薬莢《やっきょう》は未回収。警察の到着を待って引き揚げる。以上だ」

宗玄は口早に報告を終わらせてスマートフォンをロングコートのポケットに入れた。

「玄っ、てめぇ恥ずかしくねえのか、伴獣にさせやがって！」

「俺に組み敷かれたいか？」

低い声で言い放つ。コンクリートの地面に倒れ、アムールトラの巨体に押さえられて動けない白慈を、高いところから見おろしてくる。白慈は射貫く勢いで睨《ね》め上げた。

「美馬サンに止めろって指示されたのか？　おまえらの会話、聞こえてきたぜ、俺のこと『ひとつ小さな難点がある』ってデカい声で話してただろ」

「美馬局長には、白慈の現行犯への加虐《かぎゃく》行為が目立つから注視してほしいと頼まれただけだ。指示はない、止めたのは俺の判断だ。誰が白慈のバディでも止めてる」

「おまえ、なんもわかってねえな、東京局の奴らは誰も止めねえよ。美馬サンも俺の仕事のしかたを知ってる、だからおまえに止めろって指示しなかったんだ」

「そうか。俺だけがわかってないなら教えてくれ。なぜ犯罪者を傷つけることにそこまで固執《こしつ》する？」

「罪を犯す輩《やから》は全員くたばればいい」

「答えになってない」

瞬刻、激しく睨み合う。

パトカーと救急車のサイレンが近づいて、ふたり同時に我に返った。

案件を処理したバディは警察の到着を確認し、基本は接触せずに現場を離れる。

「俺が見届ける。おまえはパーディシャと車へ戻れ。ナダ、白慈を獣身化させるなよ」

「俺の伴獣に勝手に指示すんな！」

宗玄にきつく言いつけられたナダはウンとうなずいて、逃げるように虎の獣毛に顔を突っ込んだ。パーディシャが鼻息荒く「車に戻る！」と伝えてくる。

「おい、っ……」

センチネルはガイドの伴獣にうまく逆らえない。パーディシャに制服を咥えられた白慈は引きずられるように現場をあとにした。


翌日も、翌々日の夕刻になっても美馬からの呼び出しはなかった。

「ほらな？　問題ねえだろ。もし警察官僚のおっさんたちからクレームが来たって、美馬サンはいつも通りうまく躱してる。玄はわかってなさすぎだ」

つぶやいて、強めの圧で「だろっ？」と同意を求めると、肩に巻きついているナダは目を細め、なんとも言えない表情をする。

一昨夜、遅れて車へ戻ってきた宗玄は、タワーへの帰路を黙って運転した。白慈も口を開かず、車内は険悪な静けさで満たされていた。

三名の運搬役への傷害について、美馬から叱責《しっせき》はないが、待ち望んでいるバディ解消の指示もない。白慈は、幾つもの案件を処理したこの数日の努力が無駄に終わったことを知った。

「だり……」

ビルの屋上看板に凭れ、暮《く》れ泥《なず》む歓楽街を赤い瞳に映す。

天と地上の明るさが徐々に反転していく、その様子を眺めるのが白慈は好きだった。

一日の終わりの茜色《あかねいろ》と夜の始まりの冥色《めいしょく》が溶け混ざって、妖しく摩訶不思議な様相を呈する。

やがて色とりどりのネオンが煌々《こうこう》と輝き始め、あるいは明滅し、宵闇に不夜城の全貌《ぜんぼう》が浮かび上がった。

「………」

実名と、六年の刑期を終えて社会復帰していること以外、確証も情報もない。

ただの勘だが――白慈から摩耶を奪った廓昴《くるわすばる》は、おそらく名を変えて歌舞伎町《かぶきちょう》周辺に潜んでいる。

あの若さで殺人を犯した男だ、真っ当な職業に就《つ》くとは思えない。猥雑な街は、姿を曖昧《あいまい》にして生きるのに格好の場所だった。

だから白慈は今宵も不夜城の中心地に立ち、あの男の声を捜す。

ヘッドホンを外してまぶたを閉じた。

能力を使った途端、体内に、ギギ、ギ…と奇怪な音が響く。強力な不快物質が生まれる瞬間の音だ。ノイズが発生するのを感じながら、聴覚を限界まで研ぎ澄まし、解放した。

無数の話し声、怒鳴り声、地面を打つ足音、キャハハという甲高《かんだか》い笑い声、けたたましいクラクション——あらゆる雑音が怒濤《どとう》となって流れ込んでくる。

廓の声は絶対に聞き逃さない、だが見つからない。

凄まじい勢いでノイズが膨張する。

キイィ————……と耳鳴りが増していく。超音波が襲ってきて、内耳器官が悲鳴をあげた。

「……っ！」

音の圧力とノイズに耐えきれず、よろめき倒れて尻を打つ。

「痛……、危っぶね」

ナダが牙を剥き、これ以上は駄目だと怒ってくる。ヘッドホンをつついて、タワーからの着信ランプが点灯していると教えてくれた。深呼吸を一度して乱れた息を整え、立ち上がってヘッドホンを装着する。

緊急事案は女性ガイドの橘が連絡してくることが多いが、今は違っていた。

『白慈、聞いてるか？　すぐ仕事だ。歌舞伎町にいるな？』

「……………。そうだけど」

低い声で返事をする。

うなじに施されたタトゥーは、タワーが異能者の現在位置を把握するためのものだから、タワーから電話をかけてきた宗玄に居場所を知られていることは気にならない。

それよりも、なぜこの男はバディでいるのが当然のように振る舞うのだろう。

『ちょうどいい。一昨夜の運び屋たちと密接な関係にある密売人が、歌舞伎町のナイトクラブに入ったと、情報処理班より報告があった。この男はSNSも利用して薬物を手広く密売している。美馬局長の指示だ、今夜、クラブ内で客に気づかれないよう密売人を確保する』

仕事に乗り気がしないが、廓昴の声を見つけられないことに苛立って、犯罪者を叩きのめしたい気分になっていた。

「バカでかい車で乗り込んでくんなよ。目立ってしかたねえ。それと、お堅いデザインの制服もやめろ。ワードローブ室のラッシュって奴か、ほかのスタッフでもいい、『クラブ』とだけ言え。あいつらが現場に溶け込めるやつ適当に用意する」

『わかった。アドバイス痛み入る』

小さな笑い声とともに通話は切れた。

それから四十分ほどが経つと、宗玄とパーディシャが歩いてくるのが見えた。ナイトクラブが入るビルの屋上から白慈が降り立っても驚かず、センチネル専用水のペットボトルを手渡してくる。

宗玄は、シルエットの綺麗なネイビーニットに、【PCB】のロゴが大きくプリントされたブラックデニムを合わせていた。手首と耳につけたシルバーのアクセサリーも程よい存在感で、腹立たしいが似合っている。

白慈の視線を感じたのか、宗玄がわざとらしく両腕を広げた。

「アクセサリーも全部、ラッシュが選んでくれた。ロゴが一般人に見えないとわかってても、このデニムは派手で落ち着かないな」

なぜかガイド相手に対抗心が芽生えて、妙な嘘をついてしまった。

「あいつは俺専属のスタイリストだから、次からほかのスタッフをあたれ」

「えっ！　そうだったのか？　悪い、専属スタイリストというのは他国のＰＣＢではあまり聞かなくて。――しかし。じゃあなぜさっきの電話でラッシュの名前を出したんだ？」

「……………」

宗玄の本気の驚きと尤もな疑問を無視する。どふ、と胸にくっついてきたパーディシャのふわふわの頭に手を置き、水を飲んだ。

「食事はとったか？」

「仕事が終わってからでいい。車どうした」

「歩いてすぐのところにＰＣＢのホテルがあるだろう。そこに置いてきた」

タワーは当然のこと、ＰＣＢ東京が保有するマンションや、国内各地に展開するホテルのセンチネル専用の部屋には、音や匂いや振動を遮断する特殊な建材が使用されている。不測の事態が発生したときに一時避難ができるＰＣＢのホテルは、都心五区に最も多い。

「薬物関係が鼬《いたち》ごっこの様相で、警察の摘発とは別ルートでＰＣＢが密かに取り押さえるのは、どの国も同じだな」

ナイトクラブのエントランスは、分厚いアクリル板の床下からライトアップが施され、けばけばしい光に包まれていた。白慈は早々に視覚を脅《おびや》かされながら獣身化した。

受付スタッフに身分証明書を提示する宗玄が、思念波で話しかけてくる。

――身体を小さくできるんだろう？　俺の肩に乗るか？

「でけぇお世話だ」

――冗談を言ってるんじゃない。クラブは９クラスのセンチネルにとって最も過酷な環境だ、常にケアしながら仕事を進めたほうがいい。

「そんなもん百も承知だよ、さっさと入れ」

宗玄はあきれぎみに肩を竦め、白慈のことを心配そうに見るパーディシャを促してメインホールへ向かう。

壁を這《は》い進もうとしたとき、背後から声がした。

「よー、オロチ」

チッと大きく舌を打つ。白慈を呼び止めたのは、客たちには見えないリカオンを連れた、7Aセンチネルの天原蓮司《あまはられんじ》だった。

茶髪に派手なメッシュを入れ、パーカーの上に【ＰＣＢ】のロゴが入ったスタジアムジャンパーを重ねた天原は、アングラな場所での活動を得手とする。両耳でじゃらじゃら揺れるリングピアスは制御アクセサリではない。

「お子ちゃまのおまえがクラブで仕事なんて珍しいやん」

二か月前に十九歳になったばかりの白慈を茶化してくる。無駄に苛立ち、無駄にノイズが増える。チャラチャラしたいけ好かない二十二歳の男は、タトゥトがびっしり施された左手をわざとらしく顎に当てた。

「そうか、オロチがおるってことは、タワーで話題沸騰の7Sガイド・宗玄くんもここにおるってことやね。保護者みたいなもんかぁ」

こめかみの血管が切れる錯覚に陥ったが、安っぽい挑発を無視する。センチネルと言葉を交わすのは苦痛だった。しかし天原はなおも絡んでくる。

「宗玄くん探そーっと！　一緒に飲みたい、酒めっちゃ強そうやん」

「リカオンっ、てめえいいかげんにしやがれ！　干渉するなら今ここで絞めるぞっ」

「オロチくんは相変わらず自意識過剰やなぁ。――俺はおまえにもおまえの仕事にも興味ないわ。そっちこそ俺の仕事の邪魔すんなよ」

ほんじゃあな、と天原は手をひらひらさせ、先を行くリカオンを追ってメインホールの人波へ溶け込んでいった。

いつもの単身の仕事なら、ほかのセンチネルと接触しなくて済むのに。仕事のペースを乱されるのが最も腹が立つ。

もともと気乗りしていなかった。早々に事案を片づけるため、店内の奥へ一気に進む。

美馬が9クラスのセンチネルをナイトクラブに単身潜入させることはない。宗玄の言う通り、ここが白慈たちにとって最も過酷な環境だからだ。

ドンッ…、ドンッ…という聴覚と触覚を脅かす重低音。赤や紫の光が乱反射する。煙草とアルコールと香水が混ざった悪臭。

先ほど酷使した聴覚が最初に狂い始め、ほかの感覚も異常をきたす。次々と発生するノイズに耐えながら壁を這い上り、吹き抜けの天井からメインホールを見渡した。

どのような場所にいても目立つ、プラチナブロンドと百九十センチ近くある逞《たくま》しい長躯。

白金色のまつげと薄紫の瞳を持つ端整な顔。

これらは相当、人を惹きつけるらしい。

宗玄は多くの男女に囲まれていた。そしてその状況に慣れきっているようだった。

デコルテを見せるワンピースを着た女性が抱きついても、拒まない。いつの間にか隣に立つ天原とも親しげに言葉を交わす。肩を組んでくる7Aセンチネルの背に腕をまわし、さりげなくノイズを消していた。満面に笑みを浮かべる天原の「すげーっ、宗玄くんサイコー！」という声を、聴覚がとらえた。

「……………」

現場でバディ以外のセンチネルをケアする宗玄の無神経さに、苛立つ。

――放っとけばいい。

苛立ちを覚えているのは白慈ではない、センチネルの本能だ。

――うぜえ。

こういうくだらないことに振りまわされるから、長く組むのは嫌だった。

明日もバディ解消の指示がなければ、白慈のほうから申し出る。そうしてまた単身の仕事を中心に活動する。時折、東京局へ来る紅丸やほかのフリーランスの7Aガイドたちにケアしてもらう。

すべてこれまで通りに戻すと決めた。

体内で暴れるノイズが鬱陶しい。嗅覚と味覚を駆使して、幾層にも重なる悪臭を掻き分け、麻薬の臭《にお》いを追う。強いライトを浴びて踊り、酒を飲み、身体を密着させて会話する数多《あまた》の客の中に、違法薬物の臭いを纏う者は十数人いた。

最も濃い臭いを放つ男を透視する。どのようにして手荷物チェックをすり抜けたのか、大胆にも首から下げたスマートフォンショルダーに、小分けにした麻薬を詰め込んでいる。今夜、客に手渡すのだろう。

密売人を見つけた白慈は、天井の照明機器を伝って宗玄の頭上まで移動し、約十メートルある胴体を垂らす。

ぬうっと鎌首をもたげ、顔の真横で言った。

「おい。遊び惚《ほう》けてんなら俺だけでやるぞ」

三人の女性と談笑する宗玄は、薄紫の瞳だけを寄越し、思念波で返事をした。

──まさか。ずっとおまえの動きを見ていた。ターゲットは特定できたか？　なら接触してみる。

目顔《めがお》で「そいつらだ」と指し示す。宗玄が振り向くのと、ふたりの男女が声をかけてくるのは同時だった。

「ヘーイ、グッドイーブニング、お兄さん日本語わかる？　ダメっぽいかなー？」

「ああ、わかる。日本で暮らして長いんだ」

甲高い声で「すごぉい、ペラペラじゃん！」と言う女からも合成麻薬の臭いがしている。

「初めて会うよな？　前からここ来てた？」

「この店は今夜が初めてだよ。好みの雰囲気だし朝まで楽しもうと思ってる」

「いいね！　奥の部屋、取ってるから来なよ、あとで友達も集まってくるし」

「ありがとう。嬉しいな。今夜来てよかった」

男が誘ったのか宗玄が誘わせたのか、白慈にはわからなかった。

密売人は派手でもなく厳つくもない、拍子抜けするほど普通の青年だが、足許《あしもと》を透視する。

「ドラッグはスマホショルダーの中だ。俺が始めたらすぐうしろ下がれ、ショートブーツに護身用ナイフ隠してる」

宗玄は密売人の男と話しながら、白慈の言葉にうなずいた。

個室のドアを開けた女、宗玄、男の順に入る。

「テキトーに座って。今、新しい酒を――、…ぐぅッ」

獣身化を解いた白慈は男の顔面に膝を叩き込む。ゴキッと鼻骨《びこつ》の砕ける感触がした。

宗玄は後方へ下がってスマートフォンをタワーへつなぎ、密売人確保の報告を入れる。

「き、ァ」

男が卒倒するよりも、金切り声があがるよりも早く、白慈は跳躍して女の背後へまわり、口を塞ぐ。両脚をガッと女の腰に巻きつけ、腕で細首を絞める。

女は白慈の重さに耐えられず頽《くずお》れた。腕に力を込めながら耳許でささやく。

「この男と手を切れ。ドラッグともな。俺はめちゃくちゃ鼻が利《き》くんだ、おまえの匂いを憶えたからいつでも見つけられる。次もクスリの臭いさせてたら容赦しねえ。俺がおまえを警察に突き出す。よく憶えとけよ」

涙とよだれを垂らして失神した女を解放する。

倒れた男の顔を踏んだ拍子に、視界がぐにゃりと大きく歪んだ。もっと、徹底的に痛めつけなくてはならないのに。

「……くそ」

ノイズのせいで息が切れ、汗が噴き出す。ふらつく身体を支えるために壁へ手を伸ばしたとき、シルバーのアクセサリーをつけた太い腕が腰にまわってきた。

「そうだ、中二階のＶＩＰルームに男女ひとりずつ。警察の到着は待たない、センチネルの五感に乱れが生じているため今すぐ現場を離れる。以上だ」

宗玄はスマートフォンをデニムのポケットに入れ、流れるような動きで白慈を横抱きにした。

個室のドアを背で押して閉める。

「ばかやろう、おろせ！」

「騒ぐと目立つぞ、せっかく誰にも気づかれてないベストな状況なのに」

大音量のダンスナンバーが響く中、宗玄はエントランスへの最短ルートを進む。

ナイトクラブを出たところで、ナダを背に乗せたパーディシャが待っていた。ＰＣＢが経営するホテルへ向かってしなやかに走りだす。

歓楽街を歩く人々からの好奇の視線を、宗玄はいっさい気にしない。

ホテルのフロントマネージャーは５Ｂ以下の異能者で、状況を瞬時に察知し、センチネル専用の部屋のカードキーを宗玄に渡した。

「おろせって言ってんだ！」

「ばか、エレベーターの中で暴れるな、もう着く」

十七階のセンチネル専用の部屋に入り、ベッドに落とされる。ノイズと汗にまみれた身体を起こすことができず、白慈はシーツに深く沈んだ。

「やはり常にケアしながら仕事を進めるべきだった。そのためのバディなのに。すぐノイズを除去する」

不調をきたしたセンチネルの扱いに慣れている宗玄は、手早くスニーカーと靴下を脱がせ、制服のパンツと下着を剥《は》ぎ、サイドテーブルの引き出しからローションを取った。

「く……、そ」

陰茎を体内に入れるのは耐えがたい屈辱だが、十分以内に終わる。キスや相互口淫のような手ぬるいケアを何時間もつづけられるよりましだ。そう自分に言い聞かせ、声が漏れないよう唇を噛む。

白慈の後孔にローションを塗り込んだ宗玄は、自身の手で刺激を与えて勃起させる。機械的な動きが、これが単なるノイズ除去行為であることを示している。それでいい。挿入時の圧迫感をなんとか凌いだ白慈は、抽挿を甘んじて受け入れた。

「ふ、……っ」

大量の精液が腹の奥に撒かれる。ノイズが消える快感には抗えず、目を閉じて喉を反らし、下肢を震わせた。

まぶたを開く。ケアが終わってもつながったままの宗玄を、赤い瞳で睨みつける。

「いつまで突っ込んでんだ、さっさと抜け」

「ノイズの量が多すぎる。俺がケアしているのに、これほど溜まるのはおかしい。特に聴覚……プライベートで能力を酷使しているのか？　自滅行為だ、なぜそんなことをする？」

「俺がおまえに話すと思ってんのか？　めでたい野郎だ」

鼻で笑った途端、宗玄はこれまでにない強い苛立ちを見せた。

「懐かないな……。特別優しくしてやってるのに……」

低い声でつぶやいて、顎をつかんでくる。頬に指が食い込む。

「すべてのセンチネルが俺を求め、俺に縋り、ねだってくる。ねだってみろ、おまえも」

傲慢を極めた挑発に白慈も苛つき、顎をつかむ手に蛇の牙を立てた。

「ッ……」

「うぜえんだよ、おまえ。見境なしに愛嬌《あいきょう》もケア能力も振り撒きやがって。すべてのセンチネルだと？　自惚《うぬぼ》れんのも大概にしやがれ」

「ケア能力？」

怒りに任せて口に出してしまったと後悔しても遅い。少し考えた宗玄は、ナイトクラブで天原にケアを施したことを思い出したらしく、「ああ。あれか」と言った。

「悪い。バディ以外のセンチネルのノイズを消すのは、よくない癖だという自覚がある。次から気をつけるよ」

「次？　あるわけねえだろ。バディは終わ、り……、――っ！」

　ふいに硬さを保った陰茎で突かれ、身体が強張る。

「白慈はセックスに慣れてないいんだな。意外だった」

　機嫌を直した宗玄に、ふっと笑われて、羞恥《しゅうち》に頭が熱くなる。

　白慈がガイドを抱いてきたのはノイズを除去して命を維持するためであり、性的快楽はただの付属に過ぎなかった。それでいいと思っているのに。

「センチネルはノイズ消滅時の快感に溺れやすいからな。ケアなしのセックスも悦《い》いことを教えてやろう」

「は？　おまえいいかげんにしねえと本当に殺――」

　ふしだらな笑みを浮かべる宗玄が、ずるんと陰茎を抜き、ニットとデニムパンツを脱ぎ捨てた。白慈は身体を返してうつ伏せになる。肘鉄を打ち込んだつもりが、「さすがに同じ手は食わないな」と笑って阻《はば》まれた。

　獣身化したくても、ナダはパーディシャの獣毛に埋もれて熟睡している。

「なに、しやがる！」

「背面座位は初めてか？　奥まで嵌められるから俺は好きだ。白慈も気に入る」

Tシャツを脱がされ裸体を起こされて、膝裏に手が差し込まれた。脚を大きく開かれる。はしたない格好を強《し》いられた白慈の後孔に、抜けたばかりの性器があてがわれる。

「や、めっ、……あぁっ」

鍛えられた下腹と白慈の尻が密着するまで、長い陰茎をずぶずぶと呑み込まされた。一気に増した圧迫感と、熱を持ったペニスの生々しさに、はっ、はっ、と息が切れる。

「下から突き上げられたことは？」

宗玄は訊きながら腰を振る。長いストロークで何度も出し入れをして、白慈の孔に生殖器の太さや感触を教え込み、速い抽挿に変えた。

体格差では敵《かな》わない。淡い褐色の巨躯の上で細身が軽々と跳ねる。

「あっ、あっ、あっ」

ぱん、ぱん、と濡れた肌がぶつかるのに合わせて声が小刻みに漏れる。大きく開脚させられたその真ん中で、硬くなった屹立《きつりつ》が振りまわされる。

「あ！　出、っ……、――んんっ」

張り出した亀頭で前立腺を容赦なく捏ねられ、精液をビュルッと勢いよく射出した。自身でコントロールできなかった射精に、白濁をとろりとこぼす茎がわななく。

「ふざ……けんな……、抜け……」

かれる。

「まだだ。白慈はもっと悦《よ》くなれる」

白い粘液にまみれた先端に、宗玄の手が被さってくる。くちゅくちゅと音を立てて揉みしだかれる。

「ひ、ぃ……」

つづけて茎を激しく扱《しご》かれた。先端の小孔は赤く熟《う》れ、開きっている。

びくびくと痙攣する下腹部の奥に、尿意に似た淫《みだ》らな感触がじわりと湧いた。

「あぁっ？　なに……やめ、ろっ」

「ほら、気持ちいい。気持ちよくて漏らしそうだ」

耳孔《じこう》に吹き込まれた言葉に恥辱感《ちじょくかん》を掻き立てられる。

屹立を扱く宗玄の手は止まらない。射精とは異なる、背徳めいた未知の感覚が性器の中の管を一気にせり上がってくる。

「やめ、っ……、ぁ、いや、だ、――ぁ、ぁああ……っ」

ぷしゅうぅっ、と小孔が透明の体液を噴いた。精液でも尿でもないそれはしょろしょろと漏れつづけ、宗玄の手をしたたかに濡らした。

「あ……、あぁ……」

広げられたままの脚がぶるぶる震える。

堪えようとしたのがいけなかったのだろうか。凄まじい解放感と快感に頭が真っ白になり、太いペニスを咥えた粘膜が信じられないほどいやらしくうねる。

「締まって、きつくなった……、っ」

宗玄が忙しない動きで腰を突き上げた。白慈の尻を打ち、精液をびゅるびゅると放つ。

「ぁ……、は……腹、が」

ノイズはないのに、怖くなるまでに大量に注ぎ込まれた。

くらりと眩暈がする。力の抜けきった身体を預けるしかなかった。筋肉のついた胸板は興奮に上下している。宗玄が掠れた声でささやく。

「やはり身体の相性は最高にいい……。抱き潰したくなったのは久しぶりだ」

煽《あお》られたところで、つながりをほどく力も言い返す気力も残っていなかった。

宗玄が、粘液と汗にまみれたぐずぐずの結合部をいじりながら、耳に口づけてくる。

「気持ちいいな、白慈……」

「う、あっ……！　も、ぅ――」

もう、感じたくない。

それなのにまた律動が始まる。無理やり追い上げられる。

何度目かわからない絶頂の体液を放ったのち、白慈は失神するように眠りの淵《ふち》へ落ちた。

3

深く心地いい眠りを揺蕩《たゆた》うのはいつ以来だろうか。

しかし、昏く静かな意識の底にはあの夢が広がる。もう見たくないのに。

――摩耶……！

どろりと流れ落ちてくる体液は赤く生温かい。幻影だとわかっていても、白慈の頬を濡らす摩耶の血の感触は恐ろしいほど鮮明だった。

『あぁ。これは、とてもいいものだね……』

耳にこびりついて離れない廓《くるわ》の声は穏やかで、しかし狂気と悦楽を帯びている。

また同じだ、夢の中の幼い白慈はどうしても廓の顔を見ることができない。

音もなく振りかざされたナイフが閃き、肉の切り裂かれる振動が伝わってくる。白慈を掻き抱く摩耶の腕の力が瞬く間に抜けていく。

猛烈な怒りと悲しみで正気を失いそうになる――。

「摩耶っ！」

絶叫に似た声をあげて目が覚めた。

白慈しかいないベッドルームに、ハァッ、ハァッ、と荒れた呼吸音が響く。

目に映る天井は見慣れたボンディングルームのものだった。歓楽街のホテルからタワーへいつ戻ったのか、記憶にない。

「……、っ」

突如、羞恥に襲われて上体を跳ね起こす。

あれほど多くの粘液と汗にまみれた下腹部や肌が、宗玄の手でどのようにして拭い整えられたのかも憶えていなかった。

ノイズが除去された軽い身体はしかし、夥しい汗をかいている。夢を見たせいだ。Tシャツと下着は湿り気を帯び、大きく乱れた息を吐くと雫が顎先から滴り落ちるほどだった。

リビングのほうから気配がして、開け放たれたドアからアムールトラが入ってくる。

獣身化した宗玄なのか否か、一瞬では判別できず警戒したが、爪を隠した丸い前脚をベッドに乗せたのはパーディシャだった。頬の冷や汗を舐められる。

「やめろ」

されるままになってやる余裕はなく、虎の顔を押しのけた。

発達した蛇の牙がじくじくと痛む。また伸びるのだろうか。あの夢を見ると殺意が抑えようのないほど膨張する。まぶたをかたく閉じて唇を噛み、怒りと激情が過ぎ去るのを待つ。

「……、――」

ゆっくりとまぶたを開いて見たデジタル時計は九時三十三分を表示していた。

視線を移せば、ローテーブルに水のペットボトル、ソファには【ＰＣＢ】のロゴが入った白慈の制服が置いてある。どこまでも用意周到な男が苛立たしい。

呼吸が徐々に整い、汗が引いていく。だが、昨夜のホテルでの性行為がなおも白慈を混乱させる。

頭を滅茶苦茶に振った。

ゾーン落ちから抜け出すと陰茎が挿入されていたあの夜と同じだ。ノイズを除去するためだけの行動様式。センチネルの腹腔にガイドの体液を注ぐ、その工程としての、孔に性器を出し入れする単調動作――そう考えているのに。

白慈に思い知らせるように、いやらしい快感の名残を帯びた後孔や内壁が、今もまたわななく。

命をつなぐケアとは無関係の、受け身のセックスと性的興奮を知ったことが嫌なのではない。宗玄に無理やり呼び起こされたことが屈辱だった。

今度こそ美馬に話をつけて、このまま顔を合わさずバディを解消する。

宗玄の居場所を突き止めるため、嗅覚を使って匂いを辿《たど》る。三十二階の食堂にいるとわかって透視し——あきれ果てた。

——また囲まれてやがる。

いけ好かない優男のセンチネル・川久保と、昨夜ナイトクラブで遭遇した天原が、宗玄を挟んで立っていた。ガイドやサポートスタッフたちも集まり、特別階級7Sガイドのまわりには二重の人垣があった。皆が笑顔で、憧れの視線や、熱っぽいまなざしを懸命に送る者たちもいる。

ボルゾイを伴獣とする川久保が宗玄に言い寄り、天原が口を挟む、その三者の会話を視てしまった。

『少しでいいんだ、7Sガイドのケアがどれほど素晴らしいか、ぜひ体感してみたい』

『俺な、昨夜、宗玄くんにケアしてもろてんけど、ほんまにごっつい威力やで。背中ポンてされただけでノイズがようけ消えてスッキリしてん！　なぁ宗玄くん、今ボルゾイと握手だけでもしたってや』

『今ここでケアできればよかったんだが、バディを拗《す》ねさせるのは本意ではないので……。川久保と仕事をするときには、必ず。バディを組む機会があることを願っている』

『わかった。僕もバディを組めるのを楽しみにしておくよ』

『バディが拗ねるって、オロチのこと？　オロチ拗ねたん？　ハハッ！　かわいらしいとこあるやん』

憤りと羞恥で頭が一気に熱くなる。

天原のことは後日、必ず絞める。今すぐタワーを出ると決めた。

宗玄が用意した制服を着るのは非常に癪だが、ワードローブ室へ行く時間はない。着替えてベッドルームを出る。広いリビングを大股で進む。玄関ホールでパーディシャが白慈を追い抜き、ドアの前に立ち塞がった。

「どけ。俺がおまえの言うこと全部聞くと思うなよ」

パーディシャが送ってきた「おれと、ここにいて」という思念波を撥ね返す。

獣身化するためナダを視線で呼んだが、虎の後頭部に乗る白蛇はウウンと顔を横に振って拒んだ。

「おいっ、ナダ！　てめぇ！」

怒鳴ると、パーディシャが「ナダをいじめたら許さないっ」と口を大きく開け、牙を剥いて威嚇してきた。

「ばかやろ、俺の伴獣だろうがっ」

八つ当たりしないとやっていられない。二百キロ以上ある巨体を突き飛ばすつもりで思いきりぶつかった。びくともしないパーディシャは遊びと勘違いして「えいっ」と頭突きを返してくる。ナダも楽しそうに胴体をゆらゆら動かす。

玄関ホールで揉み合っていると、ボンディングルームのドアが開いた。

「こんなところでなにしてるんだ？」

宗玄が細長いサービスワゴンを押して入ってくる。

不覚にも顔が熱くなってしまい、焦って腕で覆った。パーディシャが宗玄と白慈のあいだにさっと入り「みんなで遊んでた」とにこにこ笑う。赤い顔を、大きな身体で隠してくれたようだった。

「楽しそうだな。でも、じゃれ合うなら、ここではなくリビングですればどうだ？　広いほうがいいだろう、パーデ」

「やめ、ろっ……、俺はもう出て――」

ウンッとうなずいたパーディシャにぐいぐい押し戻された。

広いリビングにはラウンドテーブルと四脚の椅子がある。白慈はパーディシャにどんどん押され、椅子に座る羽目になった。

宗玄がサービスワゴンをテーブルに横づけする。そこには朝の定食らしきもののほかに、急須《きゅうす》やロゼ色のボトルなどが載っていた。

「結局、昨日は夕食をとれなかっただろう？　だから三時でも四時でも、白慈が目を覚ましたらすぐ食事を運ぼうと思っていたんだが、一度も起きなかったな。よく眠れたなら、なによりだ」

「………」

昨夜あれほど滅茶苦茶しておいて微塵の恥じらいも気の咎《とが》めもないとは、いったいどういう神経をしているのか。

自分だけひどい気まずさに悩まされているのがばからしくなった。

「和食は好きか？　俺は好きだ。どの国の食文化も素晴らしいが、和食は格別だな」

この男は傲慢なくせに、そつのない奉仕をする。白慈の前に箸置《はしお》きと箸を並べ、天然木の半月盆を置く。急須から湯呑みに注がれた緑茶が湯気を立てた。

半月盆に載っているのは、焼き魚、だし巻き卵、鶏肉と根菜の煮物、白飯と香の物、三つ葉が香る味噌汁——白慈が食べなければこれらの料理は廃棄される。食べ物を粗末にするのだけは絶対に嫌だった。

完食と同時にタワーを出る、十五分くらいの我慢だ。自身に言い聞かせて胡坐をかき、「いただきます」と手を合わせて箸を持った。宗玄も椅子に腰かける。

「椅子の上で胡坐をかく行儀の悪さと、手を合わせる礼儀正しさと……ちぐはぐだな」

なにが言いたいのかさっぱりわからないそれを無視した。

前脚を揃えて座るパーディシャが、白慈の腕がもこもこに埋まるほどぴったりくっついてくる。ふんふんと鼻を鳴らして料理と白慈を交互に見る。

「いや、だから食いづれえって……」

早く食べ終わりたくて焦る白慈をよそに、宗玄はロゼ色のボトルをゆったり傾け、細長いグラスにシャンパンを注いだ。

「朝から酒とはいい御身分だな」

「ノンアルコールだ。日本のノンアルコールはクオリティが高くて美味い」

白金色のまつげを伏せてシャンパンを飲む。

「悪いな、先に朝食を済ませてしまって。俺もここで一緒に食べるつもりだったんだが、天原や川久保たちに呼び止められて、どうしても抜け出せなかった」

「クラブでもタワーでもモッテモテだなー。よろしいことで」

「そうだな。いつもだいたいこんな感じだ。東京局は初めてということもあって、食堂やカフェへ行けば大勢が集まる。バルセロナ局のセンチネルたちなどは、滞在中は毎日のようにハグやキスをしてくる」

「……………」

厭味たっぷりに言ったのに、至って普通に返事をされ、どうでもいい情報まで聞かされた。

もう喋らないと決めて、箸を動かすことだけに集中する。

宗玄はふたたびロゼ色のボトルを傾けた。

シャンパングラスの中で小さな泡が立ち上り、弾ける。

「どの国の異能者も常人も皆、同じだ。代わり映えしない」

白慈は箸を止めた。

今、9Aセンチネルの五感は働いていない。五感以外のなにかが強い違和感をとらえた。

この違和感の正体は、なんだ。

羞恥や気まずさを捨てて、白慈は整った横顔を睨む。

川久保に『バディを組む機会があることを願っている』と笑って言った、先ほどの宗玄と、シャンパングラスを呷《あお》って窓の外を眺める今の宗玄と、いったいなにが違うのか。

今一度、横顔を見据える。

そうして気づく。

美馬と交わした微笑も、天原やナイトクラブの客たちに見せた笑顔も、食堂での破顔も、ガイディングのあとの、白慈の怒りを煽ったあの傲慢な笑みさえも、すべて作り物だ。

思いもよらない一面に驚く。それなら宗玄の真の顔は、どこに――。

透視能力を使ったところで、とらえることはできないだろう。

だから少し、揺さぶってみる。

白慈は、だし巻き卵の最後の一切れを食べ、根菜を咀嚼《そしゃく》して言った。

「つめてー言い草だなあ、ついさっきまでみんなと笑い合ってたくせに」

「なに……？」

「いつもそうやって、薄っぺらい愛嬌を振り撒いてんのか？　内心じゃあ異能者のことも一般人のこともちょろい奴らだって見下しながら。みんなの好意と期待を裏切らないために作り笑いしつづけるって、考えただけでもどっと疲れる。ご苦労なこった」

焼き魚に視線を落とし、箸で身をほぐしながらつづける。

「おまえ、俺にねだってみろとか言ったけどさあ。ほんとは求められたり言い寄られたりすることにうんざりしてんじゃねえの？　特別階級〝７Ｓ〟と、名家〝興津守〟――無駄に揃ったネームバリューと無駄に整ったツラとカラダでどこへ行っても無限にチヤホヤちやほや。俺なら大概にしろ放っとけってキレるけどな」

「――」

案の定、沈黙が生まれた。

視線を宗玄へ移すと、余裕の笑みを完全に失い、驚愕のまなざしを向けてきていた。

思っていたよりも揺さぶりが効いているように見えて、小気味よくなった白慈はニッと笑って畳みかける。

「なんだ？　ビンゴ？　おもしれー。おまえのその冷めきった目とドヘタな愛想笑いに気づかねえとは、どいつもこいつも目がフシアナだな。誰も本当のおまえを見ようとしてないっていう明らかな証拠じゃねえか。俺が間抜けな取り巻きのひとりになると思ったか？　この俺が？　舐めんじゃねえぞ」

薄紫の瞳を小さく揺らして黙り込む宗玄がなにを感じているかは、わからない。

怒りか動揺か、戸惑いか。

宗玄はすぐに鋭いまなざしを取り戻して言った。

「昨夜で身体は完全に落ちた」

「……。本気でそう思ってんなら救いようのないばかだ」

ふたたび沈黙が漂う。

宗玄を揺さぶって優勢になったはずなのに、なぜか分が悪く感じるのが鬱陶しい。

完食と同時にタワーを出ると決めたのだから、その通り行動する。すべての皿と小鉢を空《から》にして箸を置き、手を合わせたときだった。

訊ねることをあらかじめ決めていたかのように宗玄が口を開いた。

「〝マヤ〟とは誰だ？」

「――！」

瞬時に強い怒りが湧き、立ち上がる。

椅子が倒れてアラベスク模様のカーペットを打ち、ゴトッと鈍い音が響く。

今や美馬局長と那雲主幹しか知らないその名を、宗玄が呼ぶ理由はひとつ、ガイドの読心力を使って白慈の胸裏を読んだからだ。

他者の口から摩耶の名が出たことに、動揺を隠せない。

仕返しだとばかりに今度は宗玄が笑った。

「壊したガイドのひとりか？　忘れられないのか？　妬《や》けてくるな」

「勝手に人の頭ん中覗《のぞ》くなって言っただろうが‼」

「俺も言った、センチネルの頭の中を読む趣味はないと。他人のプライベートを知るためなどに読心力を使うはずがないだろう。眠るおまえが、うなされながら〝マヤ〟と呼んでいた。ゾーン落ちしたあの夜も、マヤを助けて、と――」

突然、グアッ、シャーッ！　とナダが牙を剥いて、宗玄とパーディシャが驚愕する。ナダがみずからの意思で宗玄を威嚇したのは、後にも先にもこのときだけだった。

白慈は獣身化し、タワーの分厚い壁を通り抜けて外へ出た。


「――く、……っそ、……畜生っ！」

誰の目も届かない超高層ビルの屋上で獣身化を解き、座り込む。

首が折れそうなほど項垂《うなだ》れる白慈の肩に、ナダは乗ってこなかった。

宗玄に摩耶の存在を知られてしまった。激しい動揺が抑えられない。

「摩耶っ……」

またいつもの堂々巡りが始まってしまう。一度陥ると抜け出せない激怒の渦《うず》に呑み込まれていく。

摩耶がひとりで病院で出産した二月十一日の早朝、珍しく関東でも積雪が観測された。

病院の窓から純白の雪景色を見た摩耶は、腕の中で眠る我が子に白慈という名を贈った。

仕事と出張にかまけて家庭を蔑《ないがし》ろにする父親は、白慈が生まれて二週間が経っても自宅へ帰ってこなかったという。白慈は、摩耶に寂しい思いをさせる他人のような父親が嫌いで、摩耶のことをなによりも大切に思っていた。

だからあの日も、父親が自宅にいたにもかかわらず、七歳の白慈は摩耶とふたりで出かけるのだと駄々を捏ね、押し通した。

「俺、の……、せいだ」

自分よりも大きな男がナイフを振りかざす恐怖は忘却したけれど、頬を伝う摩耶の鮮血の感触は忘れたことがない。

今の白慈なら、廓《くるわ》の凶刃から摩耶を守ることができる。

9Aという最高位の威力がある。でもこの力は摩耶を喪《うしな》って得たものだった。

「っ、……！」

涙は、タワーに来た七日目で涸《か》れた。今は滲みすらしない。

あるのは怒りだ。摩耶を喪った瞬間から十二年間、心は整理がつかないまま常に激怒を帯びている。

整理など、つくはずがない。

悦楽を得るためだけに摩耶の命を奪った廓はのうのうと生きているのだ、今この瞬間も――。

「絶対に殺す！　どこだっ……、どこにいやがる！」

急激に増殖したノイズが精神と肉体を深く抉《えぐ》り、蝕む。やり場のない怒りが身のうちを循環する。そばでナダが大粒の涙をぼたぼた落としているのに、拭ってやることもできずに、白慈はなおも項垂れて怒りに唸った。

癒《い》えがたい傷を心に負う被害者が、ひとりでも減ればいい。そのために現行犯を捕らえ、罪を犯す気を二度と起こさないよう徹底的に叩き潰す。しかしそれも一時凌ぎの解消法でしかなかった。

白慈が残酷な運命に決着をつける方法はただひとつ。

廓を見つけ出し、己の蛇身で扼殺することだけだった。

――あぁ。これは、とてもいいものだね……――

狂気と悦楽を帯びた廓の声を思い出すたび嘔吐《おうと》しそうになる。

でも絶対に忘れない。

白慈はゆらりと立ち上がった。

今日こそ廓の声を突き止める。たとえ鼓膜が破れても、声を見つけるまで能力を使いつづけると決めた。

　まぶたを閉じて聴覚を研ぎ澄ます。

　そのとき、背後に７Ｓガイドの気配を感じた。

「うぜえ」

　なぜこの男は当然のように白慈の中にずかずかと踏み入ってくるのだろう。いま白慈を追っても神経を逆撫でするだけだということくらい、わからないのか。

　目を見開き、ばっと振り返る。離れたところにアムールトラが立っていた。

「今すぐ俺の前から消えろ！　じゃねえ、と――」

　ナダが飛ぶようにアムールトラのもとへ行き、逞しい前脚に巻きつく。

　驚いた白慈は途中で怒鳴るのをやめた。アムールトラが見つめてくる。

　薄紫の瞳を見つめ返して、つぶやいた。

「……パーディシャ、か？」

　ナダが泣きながら懸命に訴え、パーディシャはウンウンと聞き入り、ぽろぽろこぼれる真珠みたいな涙を何度も優しく舐め取る。やがてナダは前脚をするりと登って、獣毛の中へ入っていった。

　その様子を、白慈は驚愕の思いで見る。

「おまえ、ひとりで来たのか」

異能者と伴獣は、離れられても一キロ程度が限界だと聞いた。タワーからこの高層ビルまで五キロは離れている。

これほどの広範囲を伴獣が単身で行動できるのは、パーディシャ自身の強さもあるが、それ以上に、宗玄が持つガイドの精神力が途轍《とてつ》もなく強靭《きょうじん》だからだ。

パーディシャは「近づいても、いい？」と訊いてくる。いつも遠慮なしに、どふっと体当たりしてくるのに。白慈がうなずくと、のしのし歩いて、もふ…、と胸に触れてきた。

思念波ではなく、ガゥッ、ガァウー、と懸命に口を動かすパーディシャは、宗玄に対してひどく怒っていた。

「なんで俺よりおまえのほうが玄にキレてんだよ……」

伴獣が単身で来たことに驚いて、宗玄の悪口を言いそうなくらい怒っているパーディシャが可笑《おか》しくて、怒気が抜けた。そのことにまた驚愕させられる。ひとたび激怒の渦に呑み込まれたら、何日も懊悩煩悶《おうのうはんもん》に苛まれるのに。

白慈のところへ戻ってきたナダを「ごめんな」と優しく抱き寄せ、パーディシャを撫でて訊いた。

「おまえのもふもふってさ、怒りの吸収材かなんかでできてんの？」

にっこり笑うアムールトラはたぶんわかっていない。首から下げているサコッシュを、大きな丸い前脚でトンと叩く。

「俺の荷物？」

うなずくパーディシャの首からサコッシュを外し、ファスナーを開ける。中には、センチネル専用水のペットボトルと、制御アクセサリのカラーレンズ眼鏡、マネークリップで留めた五枚の一万円札が入っていた。

「おまえめっちゃ怒ってんのに、玄がこれ用意するあいだ、じっと待ってたのか？　おもしろい奴。……ありがとな、助かる」

タワーからの連絡が簡単に届かないよう、宗玄はヘッドホンを用意しなかったのかもしれない。思案する白慈の耳を、パーディシャが尾の先でぽふぽふと撫でる。すると、耳許でノイズがパチッと小さく弾けて消えた。

「うそだろ、ケアまでできんのか⁉」

パーディシャはウウンと顔を横に振り「今日だけ、とくべつ」と、宗玄がケア能力を分けてくれたことを伝えてくる。

「7Sガイド、なんでもありだな。怖《こ》えー」

本気でそう思いながら、淡いブルーレンズの眼鏡をかけたときだった。

シャン――――……

聞き憶えのある清澄な音が、上空で響いた。

ぱっと髪を揺らして見上げる。パーディシャとナダが同時に天を仰ぐ。

遥か彼方に黒い影があった。

角を持つ四肢動物が空を駆けているように視えたが、影は一瞬で消えた。

「……なんか。気に食わねえ」

約一週間前、同じ現象に遭遇した。忘れきっていた白慈に思い出させるように、今またあらわれた。

ＰＣＢの撮影を目論む者は山ほどいるが、今のあれはまったくの別物だ。

――先週と今日の二回だけなら偶然で終わってやるけどな。

三度目があれば捕まえる。そう決めた。


超高層ビルをおりたあともパーディシャにぴったりくっつかれて、聴覚を使おうとすると滅茶苦茶に吼えて怒られ、今日は廓の声を捜すのを諦めた。

担当の仕事も緊急事案もなく、数か月ぶりに渋谷《しぶや》のショップを巡る。

「玄って金銭感覚おかしくねえ？　五万って一日で使う額じゃねえだろ。〝ROGUE WIGHT《ローグワイト》〟の新作スニーカー買っちまうぞ？　まぁそうすると五万じゃ足りねえんだけどな」

パーディシャに「しっぽ、持って」と言われ、ふかふかの尾を軽く握って歩く白慈は、ふと立ち止まってショーウィンドウに映る自分を見た。

生え際の白が目立ち始めている。

能力の強い異能者ほど、伴獣の特徴が顕著にあらわれる。白慈は、容姿まで人間離れしたくなかった。目立つのが嫌で真っ白な髪を染めているが、強すぎる異能の力に負けて、何度カラーリングしても色斑《いろむら》ができてしまう。

「真幌さ、あいつ美容師なんだってよ。今度、俺の髪をカラーリングするって。アッシュ系のグラデーションとか言ってたな……」

パーディシャはご機嫌で白慈の話を聞いて、のしのし歩き始め、獣毛に埋まるナダが「たのしみねー」と笑った。

「自分で本買ったのめちゃくちゃ久しぶりだ。玄の金だけど」

長居した大型書店で、普段はタワーの総務室が手配してくれるファッション雑誌二冊と小説を買った。

小腹が減ったので近くのベーグルショップに入り、ベーグルサンドをみっつとアイスティーを注文する。

椅子に大きなアムールトラが座っても、テーブルに白蛇が乗っても、伴獣のことが見えない客たちは食事とお喋りに夢中になっている。

白慈は、スモークサーモンとクリームチーズのベーグルサンドにつづき、ハンバーグとピクルスのベーグルサンドをばくばく頬張った。

「おまえらも飲み食いできりゃあな。幾らでもゴチってやるのに、玄の金で」

最後にフルーツと甘いホイップクリームが挟まれたスイーツベーグルを食べる。７Ｓガイドの強靭なケア能力を宿した伴獣がそばにいるから、外食をしてもノイズはほとんど溜まらなかった。

そうしてボンディングルーム二号室へ帰り着くと、パーディシャが白慈に額をぐりぐり押しつけて「また、あそぼ」と伝えてくる。もこもこの獣毛を優しく撫でて言った。

「おう、また玄ぬきでな」

パーディシャは白慈といたずらっぽく笑い合い、ナダをペロッと舐めて、宗玄のところへ戻っていった。

風呂を済ませ、リビングのソファに脚をだらりと投げ出す。

宗玄に対してひどく怒ったのも、単身で白慈のもとへ行くと決めたのも、パーディシャ自身の意思だと思う。だが、遠方にいる伴獣を使ってノイズを消し、一日中喧噪《けんそう》や刺激から白慈を守っていたのは宗玄だった。

「………」

——今日はもう玄のこと気にするのやめよ。

昨夜の、わけがわからなくなる性交も、感じたことのない羞恥も、摩耶の名を出されて揶揄《やゆ》された憤りも、せっかく遠のいているのに。

「自分で蒸し返して暴れたくなるとか……ばかだろ」

うとうとしているナダを抱き上げてソファを離れ、ベッドに寝転ぶ。二冊のファッション雑誌を熟読して小説を少し捲ると、珍しくストンと眠りに落ちた。

いつもの幻影があらわれない代わりに、宗玄とナダが夢の中に姿を見せた。

──今朝は俺が悪かった。白慈とナダを嫌な気分にさせてしまったな。

──おれも、シャーッて怒ってごめん。

──白慈が呼ぶ名前については、なにもわからないが……安易に訊いても揶揄《からか》ってもいけないことだけはよくわかった。気をつけるよ。

ナダはとても嬉しそうにして、宗玄の身体をするする登って肩に巻きつき、顔をぺたりとくっつけた。

おい、ナダ。なんでそんなに玄に懐くんだよ浮気者。まぁ夢だし、許してやるけど──。

「白慈。起きろ」

「へ……？」

大きな手で肩を揺すられて目が覚めた。

消して寝たはずのブラケットライトが灯されていて、眩しさに眉根《まゆね》を寄せる。

正確な時間は不明だが、夜明けではなさそうだった。宗玄が揺すり起こしてくるということは、深夜の緊急事案だろうか。

「……」

相変わらず、局長からバディ解消の指示はない。煩わしさと、明日も明後日もバディは継続されるのだろうという諦めを覚えつつ、目をこすって訊いた。

「……仕事の、現場……、どこ、だ？」

「仕事じゃない。着替えて駐車場へおりてこい。先に行ってる」

「はぁ……？　仕事じゃねえならほっとけよ……、――あっ、おい、ナダ！」

白慈は慌てて身体を起こす。ベッドルームを出て行く宗玄の肩に、上機嫌のナダが乗っていた。

「嘘だろ、夢じゃねえのかよ」

宗玄を無視してふたたび寝ようとしていたのに、ナダが攫《さら》われてしまった。

ぶつぶつ文句を言いながら歯磨きとトイレを済ませ、ソファに投げ置いていたマウンテンパーカーとパンツを身につけて地下駐車場へ向かう。

後部座席のドアを乱暴に開けて乗り込むと、パーディシャがもふっと抱きついてきた。

ナダをまだ肩に乗せている宗玄は、行き先を告げずに車を発進させる。

白慈はふと気づき、眉をひそめた。

センチネルとガイドの伴獣がおのずと入れ替わるのは、契約した〝つがい〟か、関係が良好で適合率の高いバディくらいだった。宗玄と白慈はどちらにも当て嵌まらない。

だから、居心地がよくない。

「ナダ。朝そいつを威嚇したからって、気ィ遣って肩に乗ってやったりしなくていいんだぜ。こっち来いよ」

信じられないことにナダはウウンと顔を横に振り、また宗玄の肩にぺたりと寝そべった。

運転席のデジタル時計は二時十八分を表示している。

ぱちぱちとまばたきをするパーディシャにつられて、白慈も窓の外を眺めた。

深夜になってより煌々と輝く街が、後方へ流れていく。

「どこ向かってんだよ」

「もうわかってるだろう？」

高速道路を走り始めたときから、嗅覚が潮の香りをとらえていた。海へ向かっていることはわかるが、宗玄の意図がつかめない。

インターチェンジをおりると波の音が鮮明に聞こえるようになった。車はゆるやかに走り、浜辺に隣接した駐車場へ入って停止した。

宗玄の肩からパーディシャの後頭部へ移動してきたナダに「おまえがそんな浮気者だったとはな」と恨み言を小声でぶつける。

自在に通り抜けられるのに、パーディシャはそわそわしながら律儀に待っている。車をおりた宗玄が後部座席のドアを開けると、元気よく飛び出し、美しくしなやかな跳躍で階段をひと跨ぎして、汀《みぎわ》へ駆けていく。

宗玄と白慈は誰もいない砂浜を、ざく、と踏んだ。

「なんにもねえな」

「なにもないからいいんだ。東京はうるさすぎて、白慈のノイズが発生しやすく消えにくい原因のひとつになっている。東京局の制御アクセサリは、話に聞いていた通りの高性能で素晴らしい。諸国のPCBが欲しがるのもうなずける。だが人工的な静けさは、センチネルにはあまり意味がないんだ」

ザァ…、ザァ…、と波の打ち寄せる音がする。

春の夜の海風は穏やかだった。柔らかな星明りが音もなく降ってくる。

潮の香りと、どこかから仄《ほの》かに漂う、甘く冷たい花の匂い。

それ以外なにもない。

五感が落ち着くのは初めてだった。自然の静寂と、宗玄の能力が齎してくれていると感じられた。

「………」

宗玄が白慈を気遣い、真夜中の浜辺へ連れてきたのは、きっと、今朝の発言と諍《いさか》いを気にしてのことだろう。揶揄に摩耶の名を使われたのは嫌だったが、思えば白慈も宗玄になかなかひどいことを言った。

　素直に謝るのは難しい。なにか、代わりに伝えられる話はないかと考える。

「……今日、というか、もう昨日か……ナダとパーディシャと渋谷をぶらついて、雑誌二冊と小説を買って、ベーグルみっつ食った」

「それはよかった」

「五万もいらねえよ、入れすぎだっつうの」

「そうか、そうだな、次は気をつける」

　宗玄がやたら嬉しそうに微笑んだのと、「次」の意味をつかみあぐねて、それ以上は言いづらくなってしまった。

　沈黙の中、互いに距離を推し量る。気まずいうえに手持ち無沙汰になった白慈は、しゃがんで砂をいじり始めた。

「触って大丈夫なのか？」

「ここの砂はおとなしいから、いける。夏は無理だろうな、遊びにきた連中の残留思念がうるさくて触れねえと思う」

　パーディシャが砂を掘り起こし、白慈が山にして固め、ナダがトンネルを作る。そのあいだに宗玄は駐車場へ向かった。

「すげえ。力作だぜ！」

砂山は高く美しく、ナダが芸術的なトンネルを作ってくれた。

それなのに、楽しくて興奮ぎみのパーディシャが、ガァオ、と吼えながら砂山をグシャッと潰した。ナダがびっくりして飛び跳ねる。

「てめーっ！　なにすんだよっ」

「伴獣相手に本気で怒るな……、そのへんにしておけ……」

宗玄は【ＰＣＢ】のロゴが入ったキャンバスバッグを持って戻ってきた。中にはタオル、ブランケットとレジャーシート、サーモジャグが入っている。宗玄はバッグからタオルを取り出し、砂だらけのナダと白慈の両手を丁寧に拭いた。

「おまえほんと甲斐甲斐しいよな……用意周到だし」

「俺が特別というわけじゃない。奉仕を苦に思わないのはガイドの性分だ」

「どのバディにもいちいちこんなことすんのか？」

「バディが望めばな。俺からすれば白慈のほうが変わり者だ。これほどセンチネルに拒まれたことはない。ほとんどのバディが求めてくる。フルーツを口移しで食べさせろとか、足の指を舐めて温めろとか」

「最悪じゃねえか！　そんなヤクザな頼みごと金輪際お断りだって言えよ」

「まあ、足を舐めるのも口移しも、ノイズ除去を考えれば理に適《かな》ってるからな。難しいと思うことは断るが、なにを所望しているのかはっきり伝えられたほうが俺はやりやすい」

「あ、そう……」

マグカップを持たされ、サーモジャグから茶がトポトポと注がれる。湯気の立つそれが白慈の好きな雁ヶ音茶《かりがねちゃ》で、また複雑な気分になる。

レジャーシートを敷くと、宗玄は獣身化して寝そべった。「冷えるぞ、凭れろ」「いらねえ」「いいから凭れろ」という恥ずかしいやりとりの末、白慈はもふもふに上体を預けてブランケットを被る羽目になった。

悔しいが、ほかにはない温かさで寝心地がいい。ナダは、白慈の胸とブランケットのあいだで丸くなり、顔だけを出している。

ザァ……、と打ち寄せる波を見つめて言った。

「浜に来るの、覚醒して以来だ」

「俺も日本の浜辺は初めてだ。ごくたまにシチリアのビーチへ行く程度で」

「はぁー？　海外セレブかよ」

「言うと思った」

宗玄が短く笑ったあと、沈黙が訪れた。

アムールトラの大きな体躯がゆるやかに上下する。触れ合ったところから、ノイズがパチパチと小さく弾けては消えていく。

五感は安定しているけれど、気持ちがそわそわとして落ち着かない。

今だけは、『〝マヤ〟とは誰だ？』と訊かずにいてほしい。そう思っていると、宗玄が静かに口を開いた。

「俺が十六まで暮らしていた興津守の本家は、安曇野《あずみの》にある」

「……安曇野？　長野県《ながのけん》か」

「そうだ。行ったことはあるか？」

「仕事で長野県に入ったことはあるけど、安曇野はない」

「目の覚めるような清流があって……本当に風光明媚《ふうこうめいび》で静かな、センチネルに最適の場所だ。いつか連れて行こう」

勝手に「たのしみー」と思念波で答えるナダの口を、親指と人差し指でキュッとつまむ。

虎の口角を上げてナダに微笑むと、宗玄は薄紫の瞳を海へ向けて話し始めた。

「興津守家の歴史は古く、約五百年前の室町時代からつづいている。当時、異能者の組織はもちろん存在していないが、将軍家への献上品目録に【太刀《たち》一腰《いちよう》／鷹《たか》一羽／異能一体】と記載がある」

「異能一体って……。室町時代とか言われてもピンとこねえよ」

「本当に、気の遠くなるような古さだ。現在、ＰＣＢ東京局は興津守へ助成金を付与し、興津守は東京局へ異能者を〝進呈〟する、協定関係にある」

「進呈、ね。時代が変わっても、異能者がモノ扱い、センチネルが兵器扱いなのは変わらねえもんな」

「腹立たしいが、その通りだな。——興津守家では代々、当主が複数の女性と関係を持ち、生まれた子供たちを引き取って育てる。非嫡子《ひちゃくし》は実母に会えない。俺も母親に会ったことがない」

「えっ……一回も？」

「ああ。写真すら見せてもらえない。厳格な家法があって、母親が子供に会いに行っても、子供のほうから母親を訪ねても、母親だけが〝イリミネイト《削除》〟される」

「玄の実家にケチつけたくねえけど、おぞましいな」

「かまわない、俺のほうがもっと酷《ひど》く思っている」

声も、温もりも、母親の記憶がなにひとつないのは、たまらなく寂しい。少年の宗玄は、母親が恋しくて胸が潰れそうになったりしなかっただろうか。

アムールトラの力強い瞳を見る限りでは、窺い知ることができなかった。

「興津守家の全員が異能者になるわけじゃない。教育は手厚いが、十五歳の誕生日を迎えても覚醒しなければ途端に冷遇される。俺も十五から十六の終わりまでの二年間、肩身の狭い思いをした」

「判断するの早くねえ？　二十代で覚醒する奴も多いのに。たしか、玄はトルコを旅行中に覚醒したって言ってたよな。それって偶然なのか？」

「いや……、いま思い出しても不思議なんだが、ガイドに覚醒すると感じたんだ。このままでは一生、興津守に縛られることになると考えて、日本を出ると決めた。当時、父はすでに俺を見限っていて、海外旅行の許可は簡単におりた。母親には会えないが、せめて同じ土地を踏みたくてトルコへ向かい——十七歳になった翌日に覚醒した。すぐタワーへ入り、アンカラ局の保全印を施術してもらった」

「覚醒前に自覚って、初めて聞いた。それってやっぱり7Sの力？」

「おそらく。アンカラ局のセンチネルたちによれば、俺が覚醒した瞬間、空間が歪んで視えたらしい。俺は黒髪と黒い瞳だったんだが、パーディシャと似た毛色、同色の瞳に一変した。……このあと興津守家がどんな行動に出たかは、想像がつくだろう？」

宗玄の声には皮肉が籠められている。白慈はマグカップに口をつけて雁ヶ音茶を飲み、うなずいた。

祖父の代は6Bガイドを進呈したが数年後に死亡、父親の代は、ふたりがサポートスタッフとしてPCBに貢献しているが、6C以上の異能者を進呈できていないという。

「興津守の存在意義を果たせてない焦りと、助成金を減らされることへの恐れが相当強いようだ。俺がガイドに覚醒し、特別階級を得たと知った途端、興津守は手のひらを返して、日本に帰国するよう執拗に連絡してきた。アンカラ局に協力してもらい、俺が拒絶をつづけると、トルコに使者を寄越して、非嫡子である俺を当主に据えるとまで伝えてきた。すでに異母兄が次期当主に決まっているにもかかわらずだ」

「興津守のおっさんたち、必死だな。……もし玄が、日本で7Sガイドに覚醒してたら」

「祖父も父も狂喜乱舞して、俺にリボンをかけてPCB東京局へ進呈しただろうな。俺は美馬局長のもとで仕事をしながら、定期的に興津守家へ帰され、そのたびに違う女性と性交させられて、多くの子供を持つことになっていた」

ぶるっと身震いしたのは冷たい夜気のせいではない。

口には出さないけれども、宗玄が日本以外の地で覚醒してよかったと思う。宗玄を守ったのは、判断力と強い行動力を持っていた十六歳の彼自身だ。

「この異能者輩出システム、ほかの国にもあるらしいけど、誰も幸せにならねえな。一番つらいのは、産んだ子供に会えない母親たちだ。異能の力に振りまわされるのはセンチネルとガイドだけで充分だろ」

「まったく白慈の言う通りだ。……異能者を輩出する家門に生まれた者の中には、自分の代で終わらせたいと願う者が少なからずいたと思う。俺も、家を断絶させることを何度か考えた。しかし実現は困難だ。それほどに歴史が古く、稀に俺のような異能者が出てしまうから、余計に――」

「なに言ってんだ、玄が引け目を感じることなんかこれっぽっちもねえだろ」

らしくない言葉が出てきて、思わず躍起になってしまった。「そうだな。ありがとう」と言える宗玄の大人の素直さが、少し羨《うらや》ましい。

「自分のまわりに人が集まるのが煩わしかったのは昔の話で、今はしかたないと思っている。俺は、ガイドの本能に従順な自覚がある。センチネルたちの心身に巣くうノイズを消したくなるんだ。7Sという稀有な力を与えられたのだから、自分の役割を全うする。——だが」

白慈は、宗玄と触れ合っている背に集中する。

被毛に覆われた逞しい肉体に、ぐっと力が込められた。

「だが、興津守には支配されない。そのために海外のPCBで実力をつけ実績を重ねてきた。いい機会だ、白慈に会うために帰国するそのついでに興津守のことを片づけてやろうと思ってな。彼方《あっち》にも言い分があるだろうから最後に聞いてやる」

諦観と、熱意と。

白慈は、静かに語る宗玄に、相反するふたつの言葉を見出した。

「東京局滞在の交渉に応じたのは、キレそうなくらい美馬サンがしつこかったから？　十年前から依頼って……俺ちょっと引いた。あの人、冷徹だし品行方正だと思うけど、だいぶねちっこいとこあるからな」

白慈は局長のことを真面目に評しただけなのだが、宗玄は「ははっ」と声を出して笑い、アムールトラの大きな体躯を揺らした。

「俺が十年も帰国を渋ったのに、美馬局長は根気よく連絡をくれていたよ。——二週間ほど前、国際ＰＣＢ機構のお偉方の御爺《おじい》たちに呼ばれてな。東京局の周辺で不審な動きがあるかもしれないから、現地で調査してほしいと頼まれた。気乗りしないと断ったんだが、御爺たちが『白慈君に会うついでにでかまわないから』と言うので、美馬局長の交渉に応じ、ついでに御爺たちの依頼も引き受けて、帰国した」

「東京局の周辺で不審な動き？　なんだそれ？」

「まだなにも把握できてない。帰国して落ち着いたら調べ始めようと思っていたんだが、獰猛な９Ａセンチネルにずっと手を焼かされていて……」

「はぁー？　俺のせいかよ」

ズッ、ズゥーッと音を立てて茶を啜り、宗玄が「怒るな、冗談だよ」と笑う。

「今のこれがメインでほかのことは本当についでなんだ。だが、調査はして御爺たちに報告する」

「ふーん……、ＰＣＢに不審や不穏は付きもんじゃねえ？」

「そうだな。どの国の保全局にも大なり小なり問題はある。国際ＰＣＢ機構が独自に調査することも、ごく稀にある」

白慈はふと、一週間ほど前の出来事を思い出した。

――パーティー会場の、紫色の火花は？

不審な現象だと思うが、完全に忘却しきっていたその詳細を、今ここで話す気にはならなかった。

アムールトラ姿の宗玄は、まぶたを伏せて独《ひと》り言《ご》ちる。

「会ってみて、よくわかった。素晴らしく強靭だが……、脆く、危うくて……」

そうして少しのあいだ思案し、白慈を見つめてくる。

「悪いが、東京局に保管されているセンチネルの行動記録データを閲覧した。白慈は四か月に一度、葉山《はやま》のホスピスを訪ねている。……壊れたガイドたちを見舞うため……違うか？」

思いがけない問いかけだった。

言っていた通り、宗玄はむやみに読心力を使わないのだろう。白慈の心を読めば簡単に済むのに、そうはせず、複雑な閲覧申請を手間をかけておこなった。伝えかたも、訊ねる声も丁寧だ。

白慈は、これまでのような諍いになっていないことに気づく。

宗玄の言動に逐一《ちくいち》腹を立て、突っかかってばかりだった自身が可笑しくなり、小さく苦笑して答えた。

「毎回、門前払い食らって帰ってくるだけだ。そりゃそうだよな、ホスピスのセンセーは、ガイドたちを狂わせた張本人に会わせるわけねえよ」

眠そうなナダが首許にくっついてくる。白い鱗《うろこ》を撫でて言う。

「ずっと後悔してる。ガイドたちの大事な人生を奪ってしまったこと」

宗玄は黙って二度うなずいた。

「死ぬわけにはいかねえんだって、強烈な電流が流れてるヘドロみたいなノイズの中を必死にもがいて、気がついたら、ガイディングしてくれたガイドをノイズの底に沈めて自分だけ助かってた。……もう二度とガイドを壊さない。壊すくらいなら自分が死ぬ」

誰にも話してこなかった。

言葉にすると悔恨《かいこん》の念がより強くなる。でも、それでよかった。

「無念でならないが、俺も紅丸も、諸国の７Ａガイドも、ガイディングに失敗して高位のセンチネルを失った過去がある。それほど困難を極めることだ。すべてを賭《と》して白慈を救った、東京局のガイドたちに敬意を……。何度拒否されても、ホスピス訪問はやめないのだろう？」

「やめない」

長く生きるつもりはない。廓《くるわ》を見つけて、すべて終わらせる。けれど――。

「自分が生きてる限りつづける」

「甘いことを言うのは無責任かもしれないが……俺は、白慈の誠意がいつか必ず伝わると信じている」

真摯《しんし》な声で言った宗玄がまぶたを閉じると、三度目の沈黙がおりてきた。

でも、ここに着いたときのような気まずさはない。心地よささえ感じるから不思議だった。

アムールトラの凛々《りり》しい横顔を見つめる。

天賦の能力に恵まれ、栄誉ある立場を得て、なにひとつ不自由のなさそうな宗玄こそ、ままならないものを多く抱《いだ》いている。そしてそれを周囲の者に気づかせないよう生きていると知った。

「……………」

やはり、朝の白慈はひどいことを言いすぎた。

『いつもそうやって、薄っぺらい愛嬌を振り撒いてんのか？　内心じゃあ異能者のことも一般人のこともちょろい奴らだって見下しながら』

『特別階級〝7S〟と、名家〝興津守〟――無駄に揃ったネームバリューと無駄に整ったツラとカラダでどこへ行っても無限にチヤホヤちやほや』

素直に謝るというのは、どうしてこうも難しいのだろう。別の方法を懸命に考える。そして白慈なりにベストを尽くした。

身体を返して、首許の獣毛にモフンと顔を埋める。ぐりぐり擦りつけながら、悪かったなと心の中で小さくつぶやいた。

読心力を使わない宗玄は察しが悪い。小首をかしげて「眠くなったか？」などと訊いてくる。

「………。眠くねえ。これはだな、パーディシャに、してるんだ。このもふもふはあいつのものだから」

「そうか、俺ではなくパーディシャにな。なるほど」

縞模様の長い尾が、白慈の背をぽふぽふ叩く。謝意が少しだけ伝わったのではないかと都合のいいように考えた。

こうして誰かと長く一緒に過ごし、話をしたのは初めてだった。

宗玄に、ずっと調子を狂わされている。

苛立ちが薄くなっているようで、困る。

そしてふと宗玄の言葉を思い出し、妙な考えに至ってしまった。

『白慈に会うために帰国するそのついでに興津守のことを片づけてやろうと思ってな』

『気乗りしないと断ったんだが、御爺たちが「白慈君に会うついででかまわないから」と言うので、美馬局長の交渉に応じ、ついでに御爺たちの依頼も引き受けて、帰国した』

十年ものあいだ避けていた帰国に踏み切ったその理由が、まるで白慈のような――。

「……うっ」

「なんだ？　どうした？」

的外れな解釈が恥ずかしくなり、「あっ……そうだ、あれやる！」と立ち上がる。

「波打ち際に立って、波が引くとき自分もザーッで動いてるみたいなやつ！　子供んときした！」

「えっ。海に足を浸けるのか？　やめとけ」

うとうとするナダを頭に乗せて走りだす。靴と靴下をぽいっと脱ぎ捨て、ゆったりした波に裸足で触れた。

「うげーっ！　冷てー！」

「当たり前だ、まだ四月だぞ……」

あきれる宗玄が獣身化を解いた。元気いっぱい駆け寄ってきたパーディシャと、目を覚ましたナダと汀で遊びながら考える。

宗玄はいつかまた『〃マヤ〃とは誰だ？』と訊ねてくるかもしれない。

あるいは訊かないまま滞在期間が終了し、東京局を去るかもしれない——思いを巡らせる白慈の心を一瞬だけよぎった寂しさは、この浜辺にある砂粒ほどの小ささだったが、確かに生まれ存在していた。

宗玄に、摩耶のことを伝えられる勇気と覚悟ができたらいい。そう願った。

4

昏い意識の底には漣《さざなみ》が静かに打ち寄せるだけで、あの夢は見なかった。

やがて漣も遠ざかり、白慈は仄明るいベッドルームで目を覚ました。

「……ぅはよ」

ガサガサに掠れた声でつぶやくと、胸の上でゆるい蜷局《とぐろ》を巻くナダは顔をぶんぶん横に振り、昼がとっくに過ぎていることを伝えてくる。

「へ？　もうすぐ二時半？　ほんとかよ」

驚いて上体を起こす。確認したデジタル時計は十四時二十三分を表示していた。

「久々にやっちまった」

色斑のある髪をぼりぼりと掻く。

浜辺からの帰路、白慈は迂闊《うかつ》にも眠り込んでしまった。海風に当たった心地よい気だるさと、パーディシャのもふもふに包まれて、乗車して五分も持たなかった。タワーに着いた頃には熟睡していた白慈のことを、自室ではなくボンディングルーム二号室に運んだ宗玄は、生態を理解しつつある。

「寝坊は俺のせいじゃねえ、玄があんなウシミツドキに車を出したからだろ」

じっとりした目で見てくるナダに言い訳がましく伝え、嗅覚で確かめる。タワー内に宗玄とパーディシャの匂いはない。外出したのは、昨夜話していた『東京局の周辺で不審な動き』についで調べるためだろう。

室内を見れば、ローテーブルに水のペットボトルが、ソファには新しい制服が用意されている。昨日の朝は周到さに苛立っただけだった。今は、嫌な感情はなく、どこかむず痒《がゆ》い。

「性格も図体も高慢ちきのくせして奉仕は好きって、そこそこ変態じゃねえの……？」

昨夜からの照れくささの名残を、適当な憎まれ口でごかました。

軽くシャワーを浴びて歯を磨き、髪を乾かす。

パーカーを着がちだから、ベージュのスタンドカラージャケットは新鮮だった。触覚を使って触れると、宗玄がラッシュに相談して選んだ制服だとわかる。

「玄が迎えにくるほうが多い気がするし、もし緊急事案が出たら、今日は俺らがあいつの車を捕まえてやるか」

ナダがウンッとうなずく。白慈は【ＰＣＢ】のロゴが入った七分丈ジョガーパンツとスタンドカラージャケットを身につけて、ボンディングルームを出た。

タワーの三十二階にある食堂は二十四時間稼働している。ホテルのビュッフェ会場並みに広いが、食事の時間帯には異能者とサポートスタッフで満席となり、伴獣たちが飛び交ったり走りまわったりする無秩序な空間と化す。

この時間は十七階のカフェに人が流れるようで、食堂は作業服を着たスタッフがまばらに座るだけだった。

——えっ、嘘……なんで白慈さんが……。

——来ると思ってなかった……怖い。

——やめなって、聞こえるよ。

超発達した聴覚がサポートスタッフの怯えた小声をとらえる。

ガイドたちに距離を置かれることが正しいから、なにを言われてもかまわなかった。それに、いつもより心が軽い。白慈の過去の重い咎は消えないけれども、誰かひとりが——宗玄が真実を知ってくれただけで、胸の閊《つか》えがわずかに小さくなったと感じられる。

白慈は隅のテーブルを選び、彼女らを不必要に怖がらせないよう背を向けて座ると、大盛りの親子丼と分厚いロースカツサンドを平らげた。

エレベーターに乗り、数字も記号も書かれていないボタンを押す。停止してドアが開くとガラス張りの会議室を横切って、上質の絨毯《じゅうたん》が敷かれた廊下を進む。

局長室のドアをノックして返事を待たずに開いた。

「なんか用？　緊急事案じゃなさそうだけど」

「はい。どうぞソファへ」

グレンチェックの三つ揃いを着た美馬は、壁一面に設置された巨大な本棚の前でファイルを開いていた。

所作も声も、いつもと同じだが白慈はわかる。

美馬は少々機嫌が悪い。

三脚ずつ並んだバイカラーの一人掛けソファに腰をおろすと、美馬はローテーブルを挟んだ向かいのソファに座った。

「興津守君とのバディはいかがでしたか」

「いかがでしたかもなにも……」

局長本人が解消の指示を出していない。宗玄とのバディは今も継続中だ。

「9Aセンチネルの見解を知りたいのです」

「現場での対応に不備はねえし、俺のノイズを大量に消しても精神的ダメージなしでケロッとしてんだ、特別階級ってだけあって、タフさは世界トップクラスなんじゃねえの」

7Sガイドと組んだ感想など、美馬にとって至極どうでもいいことだとわかるから、白慈もあからさまに適当な回答をした。

なんのために呼び出したのだろうか。

不機嫌の理由は、白慈の現行犯への暴力ではないと思う。美馬は警察庁からの些末《さまつ》なクレームをあしらう術《すべ》を持っている。それに、本当に白慈が厳禁事項に抵触したなら、その瞬間に叱責してくる。

形の整った眉をほんのわずかひそめ、美馬は脚を組んだ。

「直近の三十年、興津守家の貢献度は低い。当主は非常に焦っていて、今回の興津守君の帰国を千載一遇《せんざいいちぐう》の機会ととらえています。PCB東京としても興津守君が欲しい」

「んなこと言ってるうちは、玄は興津守のものにも東京局のものにもならねえと思うけど」

「――そうでしょうか」

やけに意味深げな言いかただった。

時折、美馬が異能者たちに向けてくる、この冷徹と艶冶《えんや》が混ざったような視線が白慈は好きではない。別の話に切り替える。

「というか俺、美馬サンに言い忘れてたことあってさ。ちょっと前、ホテルのパーティー会場を警固しただろ。あのとき紫色の――」

「空砲と閃光、紫色の火花の件は把握済みです。左近に調べさせています」

先まわりの短い返事は、踏み込むなという示唆《しさ》だ。

――めんどくせ。しゃべるのやめよ。

『東京局の周辺で不審な動きがある』可能性についても、ひとことだけ伝えるつもりだったが、やめた。宗玄が白慈に話す程度のことだ、機密性は高くなく、美馬はより詳細に知っているだろう。

ソファから立ち上がる。一瞬の重い沈黙を避けるためのつなぎとして「玄、今タワーにいねえよな」と短くつぶやいた。

返事は思いもよらないものだった。

「本日は左近とバディを組んでいます」

「――！　どこでなにしてるんだ」

咄嗟に訊いてしまい、直後に悔やむ。

眼鏡の奥の冴えた瞳が、すっと細くなった。

「執行班が担う仕事はそれぞれが機密案件であり、相互不干渉――非常に珍しいですね、貴方が立ち入るなんて。私の記憶が違っていなければ、初めてではないでしょうか」

焦燥の汗がわずかに滲む。答えずに大股でドアへ向かう。

「白慈」

普段の透き通ったものとは大きく異なる、低く厳しい声だった。

白慈は振り返り、ナダが白い鱗を立てる。

呼び出したのはいつもの〝あれ〟を言うためだと気づいた。

八咫烏が羽ばたく。立ち上がった局長は、伴獣が肩に止まると同時に薄い唇を動かした。

「9Aセンチネルである貴方が一般人に害を及ぼせばPCB東京がどうなるか――わかっていますね」

美馬が不快感を見せ、白慈も苛立つ。伴獣同士が睨み合う。今ここで紫色の火花が弾けてもおかしくなかった。

何回同じこと聞かせんだ――耐えて言葉を呑み込み、局長室をあとにした。

『本日は左近とバディを組んでいます』

あれを聞いた瞬間に生じた胸のむかつきは、かつて一度も覚えたことがないものだった。

今もバディだと思っていたのは白慈だけで、宗玄はすでに別のセンチネルと仕事を始めていた。滑稽《こっけい》と恥の極みだ。

宗玄が自分以外のセンチネルとバディを組むのは当然だと、頭では理解している。むしろ早くそうなるよう行動してきた。しかしここに至ってなぜか感情が理解するのを拒む。

無性に腹が立つ。

浜辺へ連れ出し、巧みに距離を縮めてきて、白慈に心を開かせるような真似をしておきながら、そのわずか半日後に別のセンチネルと肌を重ねるとは――。

「……っ」

ノイズとはまるで質の異なる、どろどろしたものがあふれて止まらない。ノイズが溜まるほうがましだった。

白慈も朝と夜で別のガイドを抱いた過去がある。だがそれはノイズを除去するためだけの行為だった。宗玄は違う、あの男は、思い違いしそうな甘く激しいセックスとケアを施す。白慈にしたように、今日、左近にも。

「……、は？　ふざけんなよ」

己自身に吐き捨てるように言い放つ。

嫉妬《しっと》ごときに惑わされる無様な自分が許せない。

初めて覚えた感情をどうコントロールすればいいのかも、連鎖する苛立ちを断ち切る方法もわからないまま、白慈は獣身化してタワーを出た。


陽は瞬く間に落ちて、巨大な妖魔のような不夜城が蠢《うごめ》きだす。

白慈は、ネオンが輝き明滅する交差点の傍《かたわ》らに立っていた。

人と車の往来が、信号機に合わせて進行と停止を延々と繰り返す。勤務を終えた人々、あるいは歓楽街へ出勤する者たち、友人や恋人との時間を楽しむ若者らは皆、不気味な赤い蛇眼を持つ男に気づかない。

一時凌ぎの制御アクセサリでも、ないよりましだとあらためて思い知らされた。ヘッドホンも眼鏡もマスクも装着していない白慈に、閃光と音圧と異臭が容赦なく襲いかかってくる。ノイズの発生量が異様に多いのは、精神が乱れているせいでもあった。なぜ、こんなにも煩わしい思いに悩まされなくてはならないのだろう。

廓《くるわ》を見つけて――もう、すべてを終わらせたい。

白慈は自棄《やけ》に陥りながらまぶたを閉じる。今さらノイズが増えたところで大差なかった。

苦痛に耐えて聴覚を研ぎ澄まし、解放する。

無数の話し声、笑い声、夥しいエンジン音、大きく響く街頭ビジョンの音声——あらゆる空気振動が爆音となって耳孔へなだれ込んでくる。

「く……、…っそ」

近くにいそうな気がするのに、廓の声が聞こえない。

牙を剥いて怒るナダが、これ以上は危険だと強く訴えてくる。わかっている、しかし止《と》められなかった。

鼓膜が破れる覚悟で、聴覚に意識を一層集中させたときだった。

シャン————……

あの美しく清澄な音色が雑踏と喧騒を貫き、白慈の耳にまっすぐ届く。

昨日も同じ音を聞いた。まぶたを震わせて瞠目《どうもく》する。

「嘘、だろ」

信号が青に変わり、大勢が一斉に渡り始めたスクランブル交差点。

その中央に、妖美な伴獣が佇んでいた。

夜風を受けて揺らめく鬣《たてがみ》。ゆるやかな癖のある黒毛は深く輝き、俗めいたネオンを撥ね返している。四肢には黒炎のような獣毛と、瓔珞と鈴飾りの足環が煌《きら》めく。賢《さか》しげな美貌と、額から生えた一本の黒い角。

長いまつげを有する翡翠色《ひすいいろ》の瞳が白慈を見つめてくる。

「黒麒麟《くろきりん》⁉」

激しい驚愕に白慈は肩を揺らした。

昨日、角を持つ四肢動物が空を駆けているような影を視た。三度目があれば捕まえると決めた、あの影の正体に違いない。

神獣や瑞獣《ずいじゅう》を伴うのは9Aセンチネルだけだ。視覚と嗅覚で異能者を捜したとき、交差点の中央に立つ黒麒麟とは別の場所から思念波が届いた。

――PCBの9Aセンチネル、白慈。

「こそこそすんな陰湿野郎！」

伴獣がいて思念波も聞こえるのに、異能者の居場所を特定できないのはおかしい。

姿をあらわす気概もない正体不明のセンチネルに一方的に視られ、名を呼ばれることがひどく不愉快だった。

――今夜は7Sガイドと別行動か。

「な……、に⁉」

今、玄のことを言わなかったか――。

キイィ――――……と耳鳴りが増していく。男はまだなにかを言っているが聞こえない。

思念波が凄まじい超音波に掻き消される。

黒い影は――黒麒麟は十日間で二度あらわれた。三度目があれば捕まえると決めていた。もう持たない、体内でノイズが膨張し、意識が途切れる。その前になんとしても捕獲する。

交差点の真ん中へ躍り出た白慈が黒麒麟へ手を伸ばしたとき、車両用の信号が青になった。

シャン、シャンッ、と黄金の足環を揺らして黒麒麟が駆け上がっていく。一瞬で姿が見えなくなる。

「きゃあっ!」

「危ない!」

常人たちの叫び声は白慈に向けられたものだった。けたたましいクラクションとブレーキ音が立つ。迫りくる自動車を避けられない、獣身化も間に合わない。意識が遠ざかる。白慈はナダを両腕で包み、覚悟してまぶたを閉じた。

「白慈!」

身体にぶつかってきたのは、鋼鉄の塊でもアスファルトでもない。

アムールトラの獣毛だった。

「……やめ、ろ！　抜けって、言ってんだっ！」

「知るか。俺をこれ以上怒らせたくなければ黙って腹で飲め」

「バディでもねえ、くせ、に……、――あっ、ぁっ」

なぜ白慈より宗玄のほうが怒っているのか、意味がわからない。言い返すつもりが、激しい抽挿に阻まれた。

宗玄は車に撥ねられる直前の白慈を救出し、ＰＣＢのホテルへ入った。ゾーン落ちではなく単なる失神だったのに。気がつくとベッドの上で、長袖Ｔシャツ一枚の格好で裸の下肢を開かれ、陰茎を呑み込まされていた。

スラックスの前をくつろげただけの宗玄が射精のための動きを始める。小刻みに揺さぶられて、腰を大きく叩きつけられた。

「ぁ、……あ」

腹の奥にどくどくと白濁を注がれてノイズが大量に消えても、快感はない。ほんの数時間前に左近の体内で硬く熱くなっていた器官が、いま自身の中に入っている、その強烈な嫌悪感に吐きそうになる。

「抜きやがれ！　黒豹に使ったばっかのモノを俺に使うな！」

「黒豹？　なぜ左近が出てくる？」

あばら骨を折ってやるつもりで拳を振る。パシッと音を立てて白慈の手首をつかんだ宗玄は、意外そうに片眉を上げた。

「バディを組んだが左近とは寝てない。丁寧にケアしてくれるガイドがいると言うから、では簡単なもので済ませようと、ふたりで決めて」

「……っ」

「彼は触覚が特化して超発達しているだろう？　だから手を取って、指先と手のひらに溜まったノイズを消しただけだ」

「ほかのセンチネルの事情なんか知るかっ」

左近には、深く絡み合うケアを施していなかった。そう知った途端、内壁が安堵するようにぎゅうぎゅうと収斂《しゅうれん》し、性器に吸いつく動きをした。

精神を簡単に裏切る肉体の浅ましさを、密着している粘膜伝《づた》いに知られてしまう。嫌でしかたないのに、宗玄は一笑もせず、伏せぎみの瞳に恍惚を滲ませた。

「悦《い》い、白慈。そのまま……、きつく締めておけ……」

勝手に締まるばかりで、どう力を抜けばいいのかわからない。さらに腰を進め、長いペニスの根元までを埋め込んだ宗玄は、逞しい体躯をぶるっと震わせてふたたび射精した。

「あぁ……」

陰茎がずるりと一気に引き抜かれて、身体が大きくわななく。

宗玄に背を向けて横臥し、言い捨てた。

「余計なことすんな。バディのとこ戻れ」

白慈の声を無視した宗玄は、タオルで手早く丁寧に後処理をする。スラックスを整える音が聞こえた。穿かされるのだけは絶対に許せず、宗玄の手から下着を引ったくって身につけた。ソファにはロングコートやジャケット、【ＰＣＢ】のロゴが入ったジョガーパンツが脱ぎ捨てられて、近くに革靴とスニーカーが転がる。パーディシャはカーペットに横たわり、前脚でナダを包んで眠っていた。

宗玄が動かないなら自分がここを出て行くと、上体を起こしたときだった。

「白慈」

腕をつかまれ、ぐいと引き戻された。

睨《ね》めつけてくる宗玄を、眼球に痛みを覚えるほど強く睨み返す。

「なぜ俺を頼らない？　なぜひとりで危ういほうへ行ってしまうんだ。なんのために聴覚ばかりを酷使する？」

「は？　なぜ頼らない、だと？」

白慈だけが悪いかのように責め口調で問《と》い質《ただ》され、限界が来た。

嫉妬のせいで乱れたままの感情が決壊する。

「二週間もしねえうちに別のＰＣＢへ行く奴をどうやって頼れっていうんだ⁉」

あと十日ほどで東京局を去ることに、まるでいま気づいたみたいに、宗玄は瞠目し、眉間に深い皺を刻む。薄紫の瞳に色濃く宿ったものが、ふたりのあいだに流れたものが寂しさだとは信じたくない。

「聴覚を使ってなにが悪い⁉　大事なものを喪《うしな》って手にした俺だけの異能の力だっ」

「大事なものを、うしなって……？　悪いとは言ってない、俺はただ心配で……倒れるまで聴覚を酷使する理由は、なんなのかと」

「理由が知りてえなら読心力で確かめりゃいいだろうがっ」

「下卑《げび》た真似はしない。白慈は理解してくれたと思っていたが、違うのか」

「知るか！」

宗玄に、摩耶のことを伝えられる勇気と覚悟ができたらいいと願った。

こんな伝えかたをしたいのではない。でも激昂《げっこう》が抑えられなかった。

「聴覚を使うのは摩耶を奪った畜生野郎を見つけるためだっ」

「……マヤ？　奪っ、た、とは……。彼女、は」

端整な顔が不穏に歪む。マヤと聞いた途端ひどく躊躇する、その宗玄の様子にさえ白慈は苛立った。

「マヤは……？　彼女は、白慈の──」

「俺の母親だ！　俺が七歳のとき、目の前、で……無差、別」

一気に言うつもりだったのに。ひっ、ひっ、と過呼吸を起こしたように息が途切れる。

手首を強く引っ張られ、胡坐の上に座らされる。

真実を察した宗玄の「もういい、言わなくていい」という痛切な声を聞きながら、唇を動かした。

「快楽、……殺人犯に、さ……刺し、殺された」

「白慈っ」

短い言葉をつなげるだけで、こんなにも苦しい。

大きな手が、頭を、肩を、滅茶苦茶に掻き抱いてくる。ドッ、ドッ、と鳴り響く鼓動は、白慈のものではなかった。

「なんという、ことだ。これが……白慈が、わずか七歳で……、９Ａセンチネルに覚醒した理由……」

宗玄は泣いているのだろうか。思い違いするほど、長躯と声を激しく震わせる。

白慈は、やはり涙が出ない。どれだけ苦しくても、憤りに苛まれても。

あの日あの瞬間、摩耶が陥った恐怖と苦痛と絶望は、白慈が感じているものの比ではないからだ。

言葉にすると鮮明に思い出されて、ノイズが増えていく。

「――、……」

どのくらいのあいだ、そうしていただろう。

宗玄は繰り返し白慈の髪を撫で、背を摩ってノイズを消す。広い肩に頬を埋めた白慈は、まぶたを閉じたり、眠っているパーディシャとナダを見つめたりした。

激情を一気に吐き出し、宗玄の力を借りて、ようやく少しの落ち着きを取り戻す。

白慈は、深い息をついて言った。

「……俺が知ってるのは」

宗玄は丁寧なケアの手を止めずにうなずいた。

「犯人の名前が廓《くるわ》昴《すばる》っていうのと、刑期を終わらせてとっくに出てきてるってことだけだ。事件を起こしたとき、廓は十六のガキだったってよ。引くだろ？」

抱きしめる力が、これ以上ないほど強くなる。

間近で、息の詰まる音が聞こえた。

「俺は引いた。……あり得ねえ。ただ普通に暮らしてるところに、そんなフィクションみたいな惨《むご》い出来事が降りかかるなんて、誰も思っちゃいねえよな。摩耶と俺も、これっぽっちも思ってなかった」

センチネルに覚醒した日の光景が蘇る。

『貴方の父親は日本を発ちました。帰国の予定はありません』――事件が起きた夜、局長室で美馬からそう知らされた。ＰＣＢ東京局の意図なのか、本人がすべてを放置して逃げたのか、事実はわからないが、どうでもいい。白慈はその場で苗字を棄てた。摩耶が贈ってくれた名さえあればそれでよかった。

十六歳の少年による真昼の凶行はセンセーショナルに報道されたという。しかしそれも、日々大量に生み出される情報の波に瞬く間に埋もれていった。

廓への殺意だけが消えることなく膨らみつづけて、幼い白慈を苦しめた。

「十二年前の、犯人の実名すら報道されない事件なんか誰も憶えてねえよ。憶えてるのは俺だけだ」

刑期を終えて出所した廓を捜すために能力を酷使し、ゾーン落ちするたび這い上がった。

その結果、複数人のガイドを精神崩壊へ追いやった白慈は、強烈な殺意と自責の念に苦悩するようになる。

「摩耶が守ってくれたから、俺は廓の顔を見てない。でも声は聞いた。だから聴覚を使って奴の声を捜してる。絶対に見つけ出す」

おそらく次のゾーン落ちで死ぬだろう。白慈には時間がない。一日が終わるごとに焦りが募る。

「白慈は……」

それまで一度も口を開かずに、話に耳を傾けていた宗玄が、ゆっくりとした口調で訊ねてきた。

「廓を見つけて……、白慈は、どうするつもりなんだ……？」

「決まってんだろ。あらゆる苦痛と恐怖を与えてから絞め殺してやるんだよ。最初に手足の指を一本ずつ切る。次に手首と足首を切って、その次は肘と膝。簡単には死なせねえ。止血して、メシ代わりに自分の手足を食わせる。——なぁ、玄、俺がおまえを頼ったら、手伝ってくれるのか？　無理だろ？　俺はひとりでできる」

宗玄がひとことも返せないのは、おぞましさに戦慄したからだろう。

自分の思考が尋常でないことくらい充分わかっている。

しかし、考え得る最も残酷な方法で廓を殺さなければ、それを白慈が成し遂げなければ、突然命を奪われた母親の無念は晴らせない。

謂《いわ》れなき殺人は人の思考を大きく歪ませ、人生を狂わせる凄まじい負の破壊力がある。

「——」

白慈は疲れ果てて、まぶたを伏せた。

宗玄に伝えられてよかったと思う。でも、摩耶の話をするには想像していたよりも遥かに多くの気力が必要だった。今後、誰かに話すことはない。

時間をかけて背や腕を摩り、宗玄はケアをつづけてくれた。

そうしてノイズを除去しきると、白慈の肩を両手で包む。

「白慈」

名を呼ばれ、まぶたを上げた。

アメジストみたいな美しく力強い瞳が、まっすぐ見つめてくる。

「廓を、……殺してはいけない」

「なんで？」

本当にわからなくて純粋に訊ねた。

きょとんとする白慈の肩を、大きな手が優しく撫でる。白慈は今は疲れているだけだが、宗玄はずっと苦しそうだった。

「白慈の思いは痛いほどよくわかる。俺も、母親の命を奪われたら同じことを考える。でも殺《あや》めては駄目だ。そんなことをすれば白慈も廓と同じところまで堕《お》ちてしまう」

「別にいい」

「駄目だ。白慈はよくても俺が駄目なんだ。そんな形で白慈を失うなんて絶対できない。受け入れられない」

「意味……わかんねぇ」

なぜ宗玄は白慈のことでこんなにも嘆くのだろう。

廓を殺してはならないという考えに、ただ驚き、困惑してしまった。

「今はわからなくても、近い将来、必ずわかってくれるときが来る。ガイドたちに悔恨の念を抱いている白慈の心なら、必ず。俺が何度でも伝えるよ」

柔らかく微笑んだ宗玄は、肩から両手を離し、抱きしめてくる。白慈の耳に唇を触れさせて言った。

「俺と離れてるあいだは能力を使わないでくれ。頼む。心配なんだ」

「えー。……まぁ、あした一日くらいならいいけどよ」

断りづらくて、戸惑いを覚えたまましぶしぶうなずいた。

もう何度目かわからない。宗玄はまた抱擁を強くする。

「痛えよ……。なぁ、おい、玄……」

その夜、どれほど放せと言っても、ぽかりと叩いても、宗玄は腕の力をゆるめなかった。

痛いくらいの抱擁が、心許なく揺れる白慈を支え守ってくれるようだった。

白慈は解放されるのを諦めて、力強い腕の中でまぶたを閉じた。

5

「——わかった、今すぐ向かう。十時前には到着する」

宗玄がスマートフォンで誰かと話している。

落ち着いた声を背に受けて、白慈は眠りから浮上した。

まぶたを開くと、頬にくっついているナダの白い鱗と、ゆるやかに上下する獣毛が見えた。腕や太腿の内側にふわふわの感触があり、パーディシャを抱き枕にして寝ていると気づく。

「……………」

激しく取り乱した昨夜の自分が、無様で恥ずかしくていたたまれない。どんな顔で話せばいいのかわからず、眠ったふりをしてしまった。ばれているけれど、宗玄はからかうことなく、色斑《いろむら》のある髪に触れてくる。

「ノイズはないな。俺と離れてるあいだは能力を使うなよ。二度寝してもかまわないが、タワーへ帰って必ず食事をとれ。仕事が終わったら迎えに行く。また夜に。――行くぞ、パーデ」

アムールトラの体躯の動きで、頭を横に振っているのがわかった。

「おまえは白慈のことになると我儘《わがまま》ばかりだな。黒豹に会いたくないのか？」

宗玄に強めに言われたパーディシャは、名残惜しそうにナダをペロッと舐める。ベッドを軋ませてカーペットに降り立った。

黒豹は左近の伴獣だ。昨日につづき今日もバディを組むのだろう。

嵐のような嫉妬はなんだったのかと自分であきれるほど、今、心は凪《な》いでいる。

「また夜に」

宗玄は大切な約束みたいにもう一度言った。

ノイズがないなら触れなくていいのに、裸の肩に口づけてくる。

ふたつの気配が遠ざかり、部屋のドアが閉まると、白慈はバチッと目を開けて「なんだぁ今のは」とぼやいた。

「ああいうキザなことをサラッとやってのけるんだ、あいつは。世界一のモテ野郎め」

しかし問題なのは宗玄ではなく、キスされた肩をぼりぼり掻きながらも嫌悪を感じていない白慈のほうである。恥ずかしさが上乗せされ、「うっ」と顔をクッションに伏せた。ナダはしょんぼりして白慈の首許に顔を突っ込む。

「ははっ、ばかだなー、拗ねんなよ。夜になりゃまたパーディシャのもふもふの中に入れるって。まぁ、それまでは俺の肩で我慢してくれ」

にやにやして少し意地悪く言う。慌てて「はくじ、いちばん！」と顔をぶんぶん振るナダを撫でた。

ボンディングルーム二号室へ帰ってシャワーを浴び、新しい制服に着替える。

昼時のピークを過ぎた食堂で、鶏湯麺《ジータンメン》と魯肉飯《ルーローハン》と点心《てんしん》をもりもり食べた。

タワーの最上階にある空中庭園へ向かい、端から軽く身を躍らせた白慈は、白大蛇の姿で泳ぐようにビル群を渡っていく。

スクランブル交差点が見おろせるビルの屋上で獣身化を解いたのは、昨夜の失態を挽回するためだった。

「やってやるぜ、おとり作戦」

黒麒麟を誘《おび》き寄せるための囮《おとり》は白慈自身だ。

ヘッドホンを外して首にかけると、ナダが「そうげん、怒る！」と小さな牙を剥いた。

「玄もナダもうるせえなー。力は使わねえよ、調子いいから外すんだ。でも聴覚を休ませるのは今日だけだからな」

明日からまた廓の声を捜す。

東京の中心地に、真夜中の浜辺のような心地よさはない。雑音や異臭を含んだ重たい風が、色斑のある髪をもったりと撫でていく。

「玄に話して、楽になった。……けど」

簡単だった白慈の心はどんどん複雑になる。

廓を見つけ出して殺すのは、呼吸するのと同じくらい自然なことだ。異能の力を得た己が半分以上、人間でなくなっている自覚がある。摩耶の無念を晴らせるなら喜んで畜生以下に成り下がる。けれど――。

『殺めては駄目だ。そんなことをすれば白慈も廓と同じところまで堕ちてしまう』

宗玄に言われて初めて、人の心を失うことに恐れを覚えた。

『廓を、……殺してはいけない』

昨夜の宗玄の切実な言葉が、繰り返し蘇る。

そこに、美馬の決まりきったあの台詞《せりふ》が重なる。

『9Aセンチネルである貴方が一般人に害を及ぼせばＰＣＢ東京がどうなるか——わかっていますね』

ＰＣＢほど理想的な環境はなく、大いに利用価値があると思ってきたが——。

廓を発見したとき、ＰＣＢが復讐の妨げになる。今さらながらそのことに気づいた。

「玄も、全力で俺を止める……」

心の片隅で、わずかに期待しかけている自分がいた。でも非現実的だ。

宗玄は興津守家との重要な談判と、国際ＰＣＢ機構からの調査依頼を抱えていて、それらが済む頃には東京局から——白慈の前からいなくなる。

「俺に、どうしろってんだよ」

初めて知った寂しさという感情はひどく厄介で、白慈はそれを持て余した。

「摩耶……」

母親のために復讐を遂げることだけを考え、一片の迷いなく生きてきたのに。

ＰＣＢに囚われて行動を抑止される煩わしさと、宗玄なら堕ちるのを止めてくれるかもしれないという曖昧な希望と。胸中に浮かんだばかりの相反する思いが、複雑に絡まる。ほどこうとすれば余計に絡み合い、綯《な》い交《ま》ぜになって、音を上げかけた白慈は「うぇあー……」と奇妙な声を漏らした。

「獲物を再起不能になるまでボコボコにして、畜生野郎の声を捜して、ボンディングルーム二号室でだらだら寝る。俺たちの生活はシンプルだったのに。なぁ、ナダ」

ウンとうなずいたナダは、ふたりの暮らしが恋しい、でもそれ以上に宗玄とパーディシャにいてほしいと、素直な心を思念波で伝えてくる。

そうして白慈とナダは揃って仰ぎ見る。

薄雲がたなびく東京の空に、角を持つ四肢動物の影はない。

「来やがれ、黒麒麟。今日こそ捕まえてやる」

冷静さを失った自分のせいで、昨夜の不審な出来事を宗玄に伝えられていなかった。

――黒麒麟を連れた男、何者だ？　どこの局の奴だ。

白慈はなにも知らず、向こうの９Ａセンチネルは宗玄のことも含め情報を把握している。その構図が猛烈に気に食わない。

『国際ＰＣＢ機構のお偉方の御爺たちに呼ばれてな。東京局の周辺で不審な動きがあるかもしれないから、現地で調査してほしいと頼まれた』――不審者でしかない９Ａセンチネルと黒麒麟のことを、今夜、宗玄に真っ先に伝えると決めた。

空を見上げていた白慈は、スクランブル交差点の街頭ビジョンへ視線を移す。

そして、流れてくるニュースのテロップを見て顔を強張らせた。

【東京湾で女性の遺体発見。先週の事件と類似の手口か。未だ犯人特定に至らず】

「……先週の事件って」

初めて宗玄とバディを組んで担った、第二埠頭での緊急案件のことだ。

あれは、白慈が最も忌み嫌う無差別快楽殺人だった。

「逮捕できてねえのかよ」

殺人犯が近くにいるかもしれないのに他人事で、交差点で信号待ちをする夥しい人の中にニュースのテロップを追う者はいなかった。

能力を使って犯人を突き止めたい衝動に駆られるが、〝警察が入ればPCBは不干渉〟の基本規定を白慈もよく理解している。宗玄に話せば知恵を貸してくれるだろう。

仕事が早く終わるといい。離れているあいだは能力を使わないという宗玄との約束を守るため、白慈はヘッドホンをつけ直した。


春の夜風が強く吹く、二十一時四十分――。

夕刻にタワーへ帰った白慈は、ふたたび歓楽街へ出て巡回の仕事をしていた。

「PCBを撮ってネットに流すのが金になるとはなぁ。すぐ消されるのに？　ほんと理解できねえわ」

歓楽街の巡回は、6クラスのセンチネルや新人ガイドが担うことが多い。

ＰＣＢの撮影を目的に、わざと騒ぎを起こす連中があらわれたのは、七、八年前で、良識を欠いた行動は年々エスカレートしている。そしてこの一か月で二度、経験の浅いバディが嘘の暴力沙汰と気づかずに介入し、撮影されるトラブルが起きた。

場慣れした異能者のほうが騒動の真偽を見抜けるという見解もあって、時間を持て余していた白慈は巡回を引き受けた。

肩に巻きつくナダが「そうげん、おれたちより先に仕事おわる」とそわそわする。

「まぁ、迎えに行くとか言ってたし、テキトーに来るだろ」

こうして単身で活動することが日常なのに、どこか落ち着かない。

宗玄とのバディに慣れ始めている自分を、白慈は心の中で笑う。

「仕事中の異能者にちょっかい出してきてんだから立派な業務妨害だろ。撮影を目論む奴ら、ボコボコにしてやってもよくねえ？」

訊くと、ナダは目を吊り上げて「ダメッ！」と即答した。

「おまえ、玄に感化されてきてんだよな……。前はワルい顔して『おれが絞める～』とか言ってたぜ？」

ナダの顔をつまんだとき、ヘッドホンをしていない耳が、ボンッという音をとらえた。

遠方でなにかが爆発したようで、白慈はヘッドホンを装着する。ほどなくタワーから着信が入り、ガイドの橘が緊急事案を告げた。

『港区でビル火災発生。道が入り組んでいるため消防車両の到着が遅れます。人命救助お願いします。椎名さんと芙蓉さんのバディが間もなく現場に到着、白慈さんのバディとして興津守さんが向かいます。該当住所は――』

「場所はわかる、さっき爆発音が聞こえた」

『了解しました。映像を観る限り、火の勢いが非常に強いです。……白慈さん、椎名さんも、決して無理をしないでください。どうか……お気をつけて』

「おう……」

真面目なガイドはいつも端的に内容を伝えてすぐ通話を切るのに。やけに心配する橘に驚いて、締まりのない返事をしてしまった。

獣身化して港区へ向かうと、嗅覚が黒煙の臭《にお》いを、触覚が炎の熱をとらえ始める。五感が激しく乱れる火災現場は不得意だが、宗玄が来るならまったく問題ない。

「橘が言った通りだな……」

四階建ての雑居ビルは猛火に包まれていた。

強い夜風に煽られ、ごうごうと音を立てながら黒煙と火の粉を次々と噴き上げる。サイレンは近づいているが、延焼が始まりつつあった。炎や臭いを恐れた見物人は遠巻きに立ち、数人がスマートフォンのカメラを向ける。

「あっ、白慈さん！　こっちですっ。防火服とマスクと手袋あります！」

小さな金絲猴《きんしこう》を肩に乗せた、６Ａガイドの芙蓉が手を振る。彼のそばには、８Ｂセンチネルの椎名が救助した女性がふたり横たわり、ＰＣＢの毛布を被っていた。

普段は白慈に敵意剥《む》き出しの芙蓉だが、緊張した現場では違っていて、簡易の防火服を手際よく着せてくる。

「ナダくん預かりますっ」

「おう、頼むわ。ナダ、芙蓉んとこで待っとけ」

うなずいたナダは芙蓉の肩へ移動し、金絲猴と抱き合う。白慈は防煙マスクと耐熱グローブを装着した。

雑居ビルの三階の窓からアラスカン・マラミュートが飛び出す。伴獣につづいて、男性を抱えた椎名が窓枠を蹴り、白慈たちの近くに着地した。

「一階にいた者は避難済み。四階は私たちには無理だ、逃げ遅れた人には悪いが消防隊に任せる。三階はあとひとり。二階は未確認だがおそらく二、三人だろう。オロチ、頼めるか」

「よし、二階だな」

ひとこと交わしただけで、椎名至上主義《しじょうしゅぎ》の芙蓉が割って入ってきた。

「シーナさんっ、ノイズ消します！　キス！」

「いや、まだいける」

「だめです、それさっきも言いました！　早くっ」

「わかった、わかった……」

危険な現場にも動じないマラミュートが「フヨくん、あたしも撫でてー」とモコモコのしっぽを振った。救助活動やキス場面をスマートフォンで撮影され、ＳＮＳに掲載されても問題ない。情報処理班がすべて削除する。

「いい仔《こ》ー！　あと少しがんばって！　タワーに帰ったらシャンプーしようねっ」

芙蓉がマラミュートをわしゃわしゃ撫でて、椎名に熱烈なキスをする。彼女らに背を向けた白慈は跳躍し、燃え盛る雑居ビルの二階に窓から入った。

――キツい……。

どす黒い煙や火炎の熱が、防火服とマスクを容易に貫いて五感を苛んでくる。ノイズが一気に増える。

透視して、黒煙の中にふたり分の影を見つけた。手前のスーツの男性はハンカチで鼻と口を覆っている。奥の女性は意識がない。白慈は女性へ駆け寄り、抱き上げて、男性を窓の近くまで引きずった。

「できるだけ息を止めてろ！　三十秒以内に必ず助ける！」

男性はしっかりうなずく。窓から飛び降りたとき、走ってくるアムールトラが見えた。

女性を寝かせる。芙蓉が毛布をかけ、濡らしたタオルで顔を拭いた。

「すまない、遅くなった」

獣身化を解いた宗玄は大火に包まれたビルなど一瞥するのみで、白慈の状態ばかり気にかけてくる。

「やはり火災現場はノイズの発生量が多いな。五感の乱れがひどい。一番つらいのは嗅覚か？」

「おー、嗅覚と味覚やられた。目はわりと平気だけど」

大きな手がうなじにまわってきて、上を向かされた。宗玄が白慈の防煙マスクを外し、深く口づける。

危険と隣り合わせの火災現場においては、気まずさや羞恥は皆無になる。白慈は肉厚な舌を受け入れて、たっぷりの唾液を飲んだ。

パーディシャが「おいでー」と呼びかけると、両腕でナダを抱いた金絲猴が、獣毛に覆われた逞しい背にピョンと飛び乗る。

「状況はマラミュートに聞いてくれ。あいつ、あとひとり助けて戻ってくる」

「わかった。――白慈、今夜、話すことがある」

「へー。奇遇だな、俺も話すことけっこういろいろある」

宗玄は「そうか、いろいろか」と微笑み、丁寧な手つきで白慈の防煙マスクをつけ直した。

「ノイズが消しきれてないが大丈夫か？」

「余裕。スーツの兄ちゃん助けたら終わり」

キスだけの簡易ケアでも身体が軽くなった。五感の暴走を心配しなくていい火災現場は初めてだ。

女性を横抱きにした椎名が、三階の窓から飛び出す。白慈は跳躍して二階へ入った。スーツの男性を担ぎ、人が残っていないか最後に入念に確認してビルを脱出する。

ようやく消防車と救急車が到着し始め、ＰＣＢの緊急事案対応は終了した。

芙蓉が「あー、よかった！　ご苦労さま」とマラミュートを優しく抱きしめて、白慈もやれやれと防火服を脱いだ。

「これは……」

しかし宗玄と椎名は険しい表情で、意識なく横たわる男性や女性の毛布を捲る。

「興津守、気づいたか？　これは単なる火災じゃない」

「ああ、彼女たちに切創がある。命に関わるような深いものではないが。火事も、放火の可能性が出てきたな……タワーと警察に伝えよう」

「なに？」

宗玄と椎名の思いもよらない会話に、白慈は、ハンカチを口に当てたままへたり込んでいる男性を見た。助けたときは気づかなかったが、確かに左腕部分のスーツが裂かれ、血が滲んでいる。

白慈はできる限り丁寧に声をかけた。

「大丈夫か？　救急車が来たから安心しろ。誰に切られた？　男か女か？　顔を見たか？」

見上げてきた男性の顔がぞくっとするほど白いのは、煙を吸ったせいだろう。切れ長の賢しげな顔立ちだが、黒目が異様に大きい。白慈の問いに答える余裕がないのか、懸命に礼を伝えてくる。

「ありがとう、ございます……！　もう、死ぬのだとばかりっ……、――あぁ。よかった」

「え」

キイィ――……

耳鳴りがする。

聞き憶えのある男の声に、白慈の時間だけが逆行したようになる。

「白慈？」

すぐそばにいる宗玄の呼びかけが、遥か彼方《かなた》から響く。

白慈は昔、男の声を聞いたことがある。

否、絶対に忘れない、あの声。

毎日のように東京の中心地に立ち、捜してきた声だ。

――あぁ。これは、とてもいいものだね……――

「ぐ、……ぅ、ぇえっ……！」

防煙マスクを毟り取る。白慈は耐えきれず嘔吐した。吐瀉物がばたばたっと音を立てて落ち、アスファルトを汚す。

「白慈！　どうしたんだっ⁉」

かつてない強烈なフラッシュバックが襲いかかってくる。

眩いばかりの青天。陽光を受けて輝くナイフ。

人が人にぶつかる奇妙な鈍い振動。

摩耶の皮膚が裂かれ肉が切られ、鮮血がブシュッと噴き出した。

「う……っ、ぁあぁっ」

頭が割れそうなほど痛む。凄まじい耳鳴りがする。

身体がぐらりと傾《かし》いだ。

「白慈っ、……白慈‼」

玄、捕まえてくれ、逃がさないでくれ、こいつが廓《くるわ》だ、摩耶の命を奪った廓なんだ——伝えたいのに、宗玄に抱き留められた瞬間、意識が奈落の底へ落下した。

ゾーン落ちするのはこれで何度目だろうか。

昏い精神世界の奥底で、白慈はいつもと同じ夢を見る。

――摩耶……！

どろりと流れ落ちてくる体液は赤く生温かい。幻影だというのに、白慈の頬を濡らす母親の血の感触は恐ろしいほど鮮明だった。

『あぁ。これは、とてもいいものだね……』

十六歳の廓の声は穏やかで、しかし狂気と悦楽を帯びている。

いつもそうだ、母親に抱き守られている白慈はどうしても廓の顔を確かめることができない。

でも、やっと見つけた。

ようやく目の前にあらわれた。

渇求《かつきゅう》しつづけた瞬間が、己の蛇身で扼殺できる時が来た――。


「う……！」

違う、これはゾーン落ちではない、強い鎮静剤を打たれて無理やり眠らされている。那雲と医療スタッフたちの声が遠くから聞こえる。

――那雲主幹っ、白慈さんが目を覚ましそうです。

――いま覚醒するのはよくないな。打とう。

――ですが……、五十分前にも追加投与を……。

――ぼくが許可する、追加して。

これ以上打たれてたまるか！　起きろ！　起きろ！

「白慈！」

赤い蛇眼をかっと見開く。

「白慈くん！　急に頭を動かしたらだめだっ」

跳ね起きた白慈はメディカル室のベッドを踏みしめて立ち、宗玄と那雲を睨みおろした。

酸素マスクを取り払う。

指に嵌められたパルスオキシメーターのプローブを外し投げる。

ブチブチッ…と音が立つ。身体につながられている三本のチューブを引き剥がした。

「落ち着いてくれ……白慈」

宗玄が手を伸ばしてくる。那雲は白慈から目を離さないまま、恐怖で立てなくなった医療スタッフに駆け寄った。

薄紫の瞳が、心配そうに揺れる。

「危ないから俺の手を取って、ゆっくりベッドからおりるんだ……。なにがあったか聞かせてほしい。今夜、互いの話をすると約束しただろう？」

優しく語りかけてくれる宗玄の、大きな手を取りたくなった。

しかし、かぶりを振る。

あの男を生かしておけない、一分一秒でも早く廓を殺さなくてはならない。

不快な気配がして振り返る。フィックス窓の外では八咫烏が大きな黒翼を広げ、鋭い嘴を開いて、白慈の獣身化を牽制していた。

グアッ、シャーッ！　とナダが激しく牙を剥く。宗玄と那雲と医療スタッフたちの向こうの、ドアの前に立つ局長を威嚇した。

「ベッドに座ってください」

なぜわざわざ美馬が来るのか。

吐いて倒れただけだ。バディの宗玄がそばにいるのだから、なんの問題もない。火災現場での人命救助という難しい緊急事案も滞りなく処理した。

『9Aセンチネルである貴方が一般人に害を及ぼせばPCB東京がどうなるか——わかっていますね』——鬱陶しいあれを言いにきたのなら、嗤《わら》って一蹴してやるつもりだった。

「座ってください。白慈」

フレームの細い眼鏡の奥の、他者の思考を見透かすような、気に食わない瞳。

美馬はいつもと同じ、落ち着きのある透き通った声で言った。

「急がなくとも、廓の居場所は把握できています。軽度の一酸化炭素中毒で入院しています」

「廓、だと？」

間髪を容れずその名を繰り返したのは宗玄だった。

白慈は眦《まなじり》が裂けそうなほど瞠目する。先刻の火災現場に廓がいたことを知るのは白慈だけのはずだ。美馬が把握しているのはおかしい。

宗玄が低い声で厳しく問い質す。

「局長。廓が一酸化炭素中毒で入院とは、どういうことだ」

実刑判決が確定した日を境に、白慈も含め、誰も事件に触れなくなった。

最後に美馬の口から廓の名を聞いたのは十一年前だ。

それにしては言い慣れている。情報取得があまりにも早すぎる。まるで、長いあいだ関わってきたかのような――。

「まさか」

ひとつ、紫色の火花がパチッと弾けた。

「まさか……あんた、ずっと前から廓の居場所を知ってたのか⁉」

「上部組織より許可を得た、ＰＣＢ東京局特別監視対象者・更科倫彰《さらしなともあき》、二十八歳、会計士。これらは偽名と偽経歴です。本名は廓昴《くるわすばる》」

「ふざけんな‼」

怒りの針が振り切れる。バチバチバチッ！　と紫色の火花が弾け散る。

　室内に一陣の旋風が起こり、ガシャンッと音を立てて医療機器が倒れ、悲鳴があがった。

　那雲と宗玄が「外へ！」「俺につかまれっ」と医療スタッフたちを避難させる。

　白慈が己の意思で飛ばした紫色の小さな稲妻を、美馬は片手で薙《な》ぎ払った。

「よくも……っ、おまえよくも黙ってたな！」

「異能者が一般人に害を及ぼせばＰＣＢ東京がどうなるか、貴方が一向に理解を示さないので伝えなかったまでのこと」

「一般人だと⁉　摩耶を殺した畜生以下だ！」

「実刑判決を受け、刑期を終えています」

「白慈！　行くなっ、待ってくれ！」

　宗玄が叫び、パーディシャが咆哮する。白慈は今度こそ獣身化してフィックス窓から飛び出した。

　白大蛇の口を百八十度近くまで開いて八咫烏を捕らえ、勢いよく閉じる。捕食される危機を既《すんで》のところで回避した八咫烏は美馬の肩へ帰っていった。

　宗玄が７Ｓガイドの強靭な能力を使う。

　タワーを離れていく白慈に、自身と美馬の会話を伝えてくる。

　――なんという酷なことを。白慈の心が壊れるぞ！　この件、俺が決着をつける。所詮《しょせん》は相容れないセンチネル同士、局長に白慈は止められない。

――承諾できません。興津守君は直ちに地下駐車場へ。本家からの迎えの車が到着しています。

今夜、すべてを終わらせる。

浅慮だった己を白慈は嗤う。

廓の指を一本ずつ切断し、手首と足首を切り落とし、命乞いをする口に切断した肉片を詰め込んでやる――摩耶の無念を晴らすために、どうすればあらゆる苦痛と恐怖を与えて殺すことができるか、数えきれないほど想像してきた。

しかし、現実の廓を前に、そのすべてが無駄だったと知る。

悠長にしてやる必要はない。

今夜、一刻も早く、廓を連れてこの世界を去る。それだけだ。

「は、は……、ハハハッ！」

憤怒と笑いが込み上げてきて、堪えきれず白慈は声を立てた。

十二年間、殺すために捜してきた男を、危険を冒して救出する――これほど間抜けで滑稽なことがあるだろうか。

だが、自分を褒めてもやりたい。助けたからこそ、この手で殺せるのだ。

受け止めきれない度重なる激怒に、感情が麻痺《まひ》したのか、壊れたのか――妙に頭が冴えている。廓は、火災現場に近い救急病院に入院していると考えた。

白大蛇の姿で港区を進む。夜通し確認作業がおこなわれるのだろう、通り過ぎた火災現場には、十数人の警察官や消防隊員が立ち、焼け残った鉄筋の柱が闇夜に黒々と浮かんでいた。

救急病院と隣接するマンションの屋上で獣身化を解く。

はあっ、はあっ、と息が乱れ、汗が滴り落ちた。恐ろしいまでの速さでノイズが増殖していく。

また吐き戻して失神するとわかるから、廓の臭《にお》いを辿ることはできない。マンションの屋上から救急病院を見おろし、数の多い病室をひとつずつ透視する。

「畜生っ！」

ようやく発見した【更科倫彰様／血液型A】のプレートがかけられたベッドは、空《から》になっていた。

今夜、なにがなんでも廓を殺さなければ……もう正気を保っていられない。しかしこれ以上能力を使えば、廓を見つける前にゾーン落ちしてしまう。白慈は座り込んだ。

そして怒号をあげる。

「鬱陶しい！　こそこそつき纏いやがって！」

シャン……、と鈴飾りの音が響いて、振り返る。

黒麒麟は昨夜と同じように佇み、美しい鬣をなびかせていた。コツ、と靴音を立て、そのうしろに長身の男があらわれる。

後頭部の高い位置で束ねた癖のある黒髪と、翡翠色の瞳は黒麒麟と同じだった。立ち襟の黒いロングコート。耳許で揺れる銀のロングピアス。

昨夜、姿を見せずに思念波だけを送ってきた、正体不明の9Aセンチネルが口を開く。

「俺の名は十七月夜《カノウ》。ＰＣＢなどという低俗な組織には属していない。階級もない」

「今すぐ失せろ。殺すぞ」

このセンチネルは白慈に接触してくるタイミングを大いに誤った。昨夜ならまだ驚いてやることも、相手をしてやることもできたのに。

「白慈。廓昴を思いのまま嬲《なぶ》り殺したいだろう？　ならば興津守宗玄とともにＰＣＢを棄て、我々のもとへ来い」

「――――は？」

「廓は人肉を切り裂く感触に異様に執着している。先ほど病室を抜け出し、殺害するターゲットのもとへ向かった。奴の正確な現在位置を把握しているのは俺だけだ」

何度目かわからない怒りが湧いてくる。長いあいだ追い求め、得られなかった廓の情報を、なぜ白慈以外の人間ばかりが知っているのか。

不審に満ちた接触方法も、話の内容も、カノウと名乗った男の言動はいっさい信用できない。しかし、今や廓への殺意だけが白慈を突き動かしていた。

よろめきながら立ち上がる。

「廓はどこだ」

「廓殺しを、ＰＣＢを棄てた証としろ。そして必ず興津守を連れてこい。いいな？」

白慈はうなずく。ＰＣＢはどうでもいい。宗玄は絶対に渡さない。このカノウというセンチネルの自業自得だ、廓もろとも地獄へ連れて行ってやる——。

白慈の思惑に気づかないカノウは不敵な笑みを浮かべた。

「廓に会わせてやる。ついてこい」

シャーッ！　とカノウを威嚇するナダが、白慈にまで牙を向け「宗玄のもとへ帰れ‼」と怒鳴りつけてくる。

宗玄への想いに、一瞬、殺意がぐらつく。

でも後戻りできない。黒麒麟に変容したカノウが、シャンッと足環を鳴らして駆けだす。白慈も獣身化してあとを追った。

音もなく降りだした霧雨《きりさめ》すらも、無数の針となって白慈を苛む。

摩耶の無念を晴らせるなら喜んで畜生以下に成り下がると、ずっと強く思ってきた。

今は、人の心を失って宗玄を想えなくなることだけが心残りだった。

「……ッ⁉」

白大蛇の巨体が勝手にのたうつ。

オォ――――……、という聞いたこともない声を放った。

白慈ではなくナダの意思だ。黒麒麟が振り返る。

「遅い。なにをしている。また女が廓に殺害されてもいいのか？」

「黙れ！」

白慈は必死で胴体をうねらせ、前へ進んだ。

十二年前、摩耶を喪った日に顕現した灘《ナダ》は、白慈の代わりによく泣いて、いつも首許にくっついてきた。そのナダが、白慈を喰らおうとしている。野生化してでも白慈を宗玄のもとへ帰そうとする。

――玄。

宗玄に、止めてほしい。

誰になにを言われても止まらないけれど、宗玄が手を取ってくれたら、きっと踏みとどまることができる。

心が壊れていくのを感じながら、白慈は声を振り絞った。

「助けてくれ……、玄――」

かつてない怒りと切迫した事態に、宗玄は冷静さを保てずにいた。

それでも激情を懸命に抑える。独りで行ってしまった白慈へ届くよう、7Sガイドの能力を最大限解放して言った。

「なんという酷なことを。白慈の心が壊れるぞ！　この件、俺が決着をつける。所詮は相容れないセンチネル同士、局長に白慈は止められない」

「承諾できません。興津守君は直ちに地下駐車場へ。本家からの迎えの車が到着しています」

「こんな遅い時間にアポイントも取らず訪問するのは無礼にもほどがある。局長が呼んだのか？」

「いいえ。当然、事前連絡を受けました。貴方も、興津守家との協議は避けられないと覚悟して帰国したはずです」

「今である必要はない！　白慈がどうなってもいいのか⁉」

「那雲主幹と興津守君が止め、私は廓の居場所を把握できている旨を伝え、タワーに留《とど》まるよ

＊

＊

う言いました。そのうえで身勝手な行動を取った白慈が、ゾーン落ちによって絶命しても、それはしかたのないことです」

平然と言う美馬に、背筋が冷える。

「いつまでセンチネルを兵器扱い、異能者をモノ扱いするつもりだ？　わずか七歳から十年以上も貢献してきた白慈に一片の情もないのか⁉　白慈を喪えばPCB東京は揺らぐぞっ！」

恫喝《どうかつ》に近いそれを、美馬は無言で易々と受け流した。

明確な意思を伴って出て行った白慈、長年にわたって廓を監視していた美馬、一酸化炭素中毒で入院している廓――これらから推測した事実を、宗玄は信じたくなかった。あらためて問い質す。

「廓が軽度の一酸化炭素中毒で入院とは、どういうことだ」

「機密事項です。――使者の方々が地下駐車場で興津守君を待っています」

「俺は白慈とバディを組み、当緊急事案を処理した。干渉する権利がある」

言った直後に気づく。宗玄は、美馬の術中に嵌まってしまっただろうか。

怜悧《れいり》な唇がほんの一瞬、嗤うように引き結ばれた。

「白慈が火災現場のビルから救出した男が、廓昴でした。白慈は廓の顔を知りませんが、声でわかったのでしょう。廓は現在、火災現場近くの救急病院に入院しています」

「……っ」

推測が紛れもない事実となり、愕然とする。

母親を殺めた相手を気づかないうちに救ってしまった、そのあまりにも残酷な真実は、到底受け入れられるものではない。白慈の心を襲う嵐はどれほど激しいだろう。今すぐ白慈を掻き抱きたくなる。

果たして、このような偶然が起こり得るのか。

「白慈と廓の接触だけは避けたかったのですが。不覚です」

本心なのだろうが信じる気になれない。廓を監視していた美馬は匙加減《さじかげん》ひとつで今夜の〝偶然〟を作り出せる。

「興津守君、地下駐車場へ。お待たせするのはあまり感心できません」

白慈を喪うかもしれないこの瀬戸際に、美馬は本気で宗玄を興津守の本家へ帰らせようとしている。

そして、回避する方法がひとつだけあると、冷艶な瞳が伝えてくる。

——くそ、っ……！

火災現場での短い会話を思い起こした。

『白慈、今夜、話すことがある』

『へー。奇遇だな、俺も話すことけっこういろいろある』

『そうか、いろいろか』

心はすでに決まっていた。本来なら今頃、白慈に話しているはずだった。

白慈だけに伝えたかったのに。

傷ついた白慈を独りで行かせたくなかった。

どうしてこうもままならない。

激しい憤りを覚えながら、宗玄は美馬を見据えて言った。

「白慈と契約する。俺は〝つがい〟を迎えに行く」

「わかりました。本家からの使者の方々には、日を改める旨、私が伝えておきましょう」

あらかじめ用意していたであろう言葉が即座に返ってくる。

パシッと音を立てて宗玄は自分の右手首を力いっぱいつかんだ。そうしなければ、会心の笑みを浮かべる美馬を殴ってしまいそうだった。

「白慈の保護を許可します。ただ、貴方も白慈も非常に冷静さを欠いている。従って、ほかの異能者に追跡させせます」

好きにしろ――言い返す一秒すら惜しく、宗玄は獣身化すると同時にフィックス窓を通り抜けた。

アムールトラの姿でタワーの外壁を駆け上がる。

空中庭園の端を四肢で踏みしめる。

「白慈っ！　白慈‼」

母親のために、廓を亡き者にすることだけに心を傾けているのだろう、白慈は応えない。

しかしナダならパーディシャに応えるはずだ。霧雨が降り始めた夜空を見上げた宗玄は、パーディシャに咆哮をあげさせた。

そして耳を澄ます。

数秒、祈る思いで待つ。

やがてベイエリアの方向から声がした。

オォ——……

「ナダだ！　応えたっ！」

それは耳にしたこちらの胸が潰れそうなほどの痛ましい声だった。白慈を助けてほしい、白慈を宗玄のもとへ帰したいと懸命に訴えてくる。宗玄はタワーの最上階から身を躍らせた。ビルからビルを飛び駆け、ベイエリアへ向かう。

「白慈」

初めて欲しいと思った者を諦める気など更々ない。宗玄は、自身の心がこれほど熱くなることを、今この瞬間に知った。

『愛してるんだ、サード』『私はエフェサードだけに抱かれたいの』『恋しくて苦しい。ずっと僕のそばにいて』——各国のＰＣＢを巡る宗玄は、幾つもの言語で多くの愛の言葉を伝えられてきたが、誰の顔も名も思い出せなかった。

好まれがちなプラチナブロンドと薄紫の瞳、アムールトラに獣身化できる屈強な体躯、７Ｓという特別階級――異能者も一般人も女も男も、皆が皆、宗玄自身ではなく〝美しい容器に入った珍稀《ちんき》なモノ〟を愛《め》で、我が物にしたいと手を伸ばしてくる。その最たる存在が興津守家だった。

興津守を遠ざけて世界を巡ることを選んでも、行く先々で無条件に持《も》て囃《はや》された。大勢に囲まれて息が詰まる。煩わしい。センチネルたちに唇を吸われ、深く絡み合うケアをねだられる。何十、何百と向けられる好意の瞳に、本当の自分が映っていないと感じるたび、孤独が色濃くなっていった。

望んでもない形貌と、異端と言うべき能力のせいで、宗玄には世界のどこにも心休まる場所がないのだと知った。

上面だけで愛だの恋だの、笑わせる。求められるほどに冷めていく。

心から信用できる者がいない寂しさは、いつしか麻痺してわからなくなった。

本当の自分を見てもらえなくても、７Ｓガイドの役割は全うできる。だから冷えた心を隠し、偽りの優しさで、求められるまま抱き、ねだってくるセンチネルたちに存分にケアを施してきた。

そんなときに出会った白慈は、鮮やかな旋風《つむじかぜ》のようだった。

『今すぐ抜け。殺すぞ』

『噂じゃねえ事実だ。おまえも壊して棄ててやろうか？』

まともに会話しないうちから殺されそうになるとはな――宗玄にあんなことを言うのは世界で白慈しかいない。睨んでくる赤い獣眼が、美麗で刺激的で、ぞくぞくと血が騒いだことを思い出す。

宗玄はベイエリアへ全力で走る。状況は切迫を極めているというのに、白慈の言葉が次々と思い起こされて、心の中で微笑んだ。

『ほんとは求められたり言い寄られたりすることにうんざりしてんじゃねえの？』

『おまえのその冷めきった目とドヘタな愛想笑いに気づかねえとは、どいつもこいつも目がフシアナだな。誰も本当のおまえを見ようとしてないっていう明らかな証拠じゃねえか』

『俺が間抜けな取り巻きのひとりになると思ったか？　この俺が？　舐めんじゃねえぞ』

世界のセンチネルたちを簡単に蕩《とろ》けさせるいつもの手法が、白慈には通用しなかった。

蛇の牙を剥いて威嚇してばかりで、少しも懐かない。最初から暴れられ、ずいぶん手を焼かされて、でもそれが心地いいやりとりに変わっていった。

驚くほど強靭なのに、脆くて危うくて、目が離せない。

気性の荒い言動の裏には、壊してしまったガイドたちへの強い悔恨の念が秘められていた。

そして、華奢に見える身のうちに、苛烈なノイズと、決して癒えることのない深い傷を抱えている。

誰にも心を許さない孤高の9Aセンチネル。あのレッドベリルのような美しく鋭い獣眼だけが〝宗玄〟をまっすぐ射貫き、冷めきった心に炎を立てる。

喪ってたまるものか。廓と同じところへ堕としてたまるか——。

「白慈っ……」

たとえ美馬の術中に陥ったとしても、白慈とともになら本望だった。

PCBも興津守も、どうでもいい。大事なのは唯《ただ》ひとつ、白慈をこの腕の中に戻すことだけだ。

宗玄は今ひとたび咆哮し、霧雨を切り裂いて白慈のもとへ駆けた。

＊　＊

ベイエリア・中央埠頭——。

カノウのあとを追い、ひとけのない貸し倉庫に着いたとき、白慈は獣身化を解くことも、姿を消すこともできなくなっていた。

カノウは人の姿に戻り、黒麒麟が倉庫の屋根へ駆け上がる。この男が廓の居場所を把握しているのは嘘ではなかった。倉庫の前に停まった高級車から、吐き気を催す廓の臭《にお》いが漂ってくる。

ふいに倉庫の中で、キャーッ……と悲鳴が響いた。カノウが煽り立てる。

「急げ、女が死ぬぞっ」

細く開いた扉を全開にして倉庫へ入り、薄明かりが灯る奥へ進むと、ふたつの影が見えた。

ナイフを持った男が、女性に馬乗りになっている。

白い顔と、切れ長で異様に大きい黒目――間違いない、火災現場で助けたスーツの男が廓だったのだ。

「一度に何人か刺せたのはよかったけど、浅くしか裂けなくて気持ちよくなかったな。火をつけるのも面倒だったし。量より質だね」

「……誰、かっ……助け、……誰かぁっ！」

「やっぱり深くまで裂かなきゃ」

振りかざされたナイフが輝き、どすっと鈍い音を立てて女性の腿に埋まる。

「きゃあぁっ！」

「あぁ。これは、とてもいいものだね……」

愉悦に浸る廓が歌うようにつぶやいたそれは、摩耶の命を奪った瞬間の言葉と寸分違《たが》わなかった。

白慈の中で、かろうじて保っていた人の心が、崩れ落ちた。

グアァ――――ッ！　と咆哮し、白大蛇の長い胴体で廓を持ち上げる。力を込めて縛《いまし》める。

「なっ、なにこれ⁉　なんだこれっ！　――ひっ、ひぃぃっ……」

人の命を弄《もてあそ》んできた男は、自身の命が危うくなった途端、奇怪な声をあげて泣きだした。

「ははっ、いいぞ、絞め殺してやれ！」

崩れ始めた心が、カノウの煽動に簡単に翻弄《ほんろう》される。

何度も夢に見た、廓を扼殺できるこの瞬間に歓喜が湧き上がった。

廓は泣きじゃくりながらも白大蛇の鱗にナイフを突き立てようとする。尾の先端でナイフを叩き落したときだった。

「白慈っ、よせ！　放すんだっ、白慈！」

宗玄の声が聞こえる。アムールトラが駆けてくる――その姿を見て安堵したのに、身体が言うことを聞かない。廓を絞める蛇身にどんどん力が入っていく。

「来たかっ、興津守宗玄」

アムールトラの前にカノウが立ち塞がった。

「美しい見事な虎だ。獣身化が叶うガイド……やはり、おまえも欲しい」

「邪魔するな！　どの局のセンチネルだ⁉」

「我々はＰＣＢなどに属さない。各々が自由だ。――聞け、興津守。白慈はＰＣＢを棄てた証に廓を殺す。おまえもＰＣＢを棄て、白慈とともに我々のもとへ来い」

「どけ！　邪魔するなと言ってるんだ‼」

宗玄が怒号をあげたとき、一陣の旋風とともに銀色の山狗があらわれ、宗玄とカノウのあいだに降り立った。すぐに獣身化が解かれる。百九十センチを超えた佗助がカノウを見おろしながら、宗玄に言う。

「少し遅くなった。オロチのところ、行って」

カノウが驚き、宗玄は「斑目っ……、小泉も！」と一瞬の笑顔を見せる。白慈を見上げてくる真幌の瞳は潤んでいた。

「白慈くんっ……、野生化、しないで……！」

ただひとり冷静な佗助がマウンテンパーカーを脱いで真幌へ投げた。

「真幌、仕事だ。女の人の保護が最優先」

「はいっ」

真幌は瞬時に気持ちを切り替え、山狗とともに被害者女性へ走り寄る。安全な場所まで連れて行き、佗助のマウンテンパーカーで女性を包んで、「大丈夫ですよ、すぐ救急車が来ますからね」と丁寧に声をかけて止血処置を施した。

人の姿に戻った宗玄が、白大蛇の巨体を駆け上がってくる。

「やめるんだ、白慈！　廓に法の裁きを受けさせる！」

白慈はもう、人語を操ることもできない。どんどん獣に近づいていく。ひぃひぃと泣き、洟《はな》とよだれを垂らして無様にもがく廓を、さらに絞めあげた。

タンクトップ姿になった佗助が指を組む。

嵌めているレザーグローブが、ギュッと音を立てた。

「おまえ、誰」

静かな声で訊き、カノウに拳を次々と打ち込んでいく。佗助が肉弾戦を展開した途端、鮮やかな紫色の火花が弾け飛んだ。

「火花。……前の、ホテルのパーティー会場で仕掛けてきた奴らか」

「あれは単なる挨拶《あいさつ》だ。長いあいだ音信不通にしていたからな」

鍛え上げた長躯から繰り出される蹴りや拳は、一発ずつが重い。それらを必死で受けるカノウが、なおも白慈を煽ってくる。

「自由を得たその身で廓を殺せ！」

強力な拳がカノウの腹に減り込む。佗助に立てつづけに腹を打たれ、一発を顔面に食らったカノウは、ロングコートを翻して床に沈んだ。

宗玄が白い鱗を懸命に撫でながら叫ぶ。

「白慈は必ず踏みとどまれる！　無念と怒りを越えて生きていける！」

パーディシャも、ひたすら吼えてナダに呼びかける。

あと一度絞めれば廓は死ぬ、人の姿に戻りたい、戻りかたがわからない。

どうにもならなくて、ひどく苦しい。

床に降り立った宗玄が、白大蛇の顔を両手で包み、額を重ねて言った。

「頼む。俺に、白慈を抱きしめさせてくれ。獣身化を、解いてくれ」

その声が、崩壊寸前の心にまっすぐ届く。

オォ――……と唸る白大蛇の巨体が、天井へ向かって伸び、ぐぅんと撓《しな》る。

空中で、白慈とナダは弾き合うように分離した。

落下する細身を宗玄が抱き留める。パーディシャは、ぐったりしたナダを自分の背に乗せ、
安全な真幌のところへ駆けていった。

倒れて動かない廓の右腕を、佗助が持ち上げる。

「美馬から、現行犯確保の指示が出てる。これは、おれと真幌の獲物だ」

ボキボキ、ゴキッと音が鳴る。

「ぎぃやぁあ……ッ」

廓が、断末魔を思わせる凄まじい叫び声をあげた。廓の右腕と右手を骨折させた佗助は、
カーゴパンツのポケットから袋を取り出して広げる。ぐにゃぐにゃの肉塊みたいになった廓を
淡々と大袋に詰め、担いだ。

宗玄にうしろから抱かれ、逞しい腕に包まれてもなお、白慈は新たな怒りに苛まれた。

「山狗ッ、邪魔するな！　殺すぞ‼」

「オロチがこの獲物を殺しても、留置場でゾーン落ちして死んでも、おれには関係ない。でも真幌とウサさんが悲しむから」

「……――白慈と興津守宗玄は欲しいが、おまえは悩むところだな、斑目佗助」

カノウがよろめきながら立ち上がる。

ロングコートから抜き出した拳銃を、佗助へ向けた。

「避けられると思うな。対センチネル用だ」

「佗ちゃん！　宗玄さん、白慈くんっ、逃げて！」

真幌が叫んだとき、ガシャァン！　と倉庫の窓ガラスが割れ、大きな影が躍り込んだ。

影は、センチネルと伴獣に分かれる。

カツ、とブーツのヒールが鳴る。黒いロングコートと、腰まで届く黒髪が揺れる。

左近の前に立つ黒豹が、獲物を狙うように身を屈《かが》め、カノウを睨みつけた。

ジャキッと音が立つ。黒革の手袋を嵌めた左近の手にはライフル銃があった。

照準を定められたカノウは興奮をあらわにする。

「ハハハッ！　素晴らしい邂逅《かいこう》の夜だ。白大蛇と狗神《いぬがみ》に加え、アムールトラ、黒豹まで集うとは。たまらなく愉快だ、――なぁ、左近！」

「黙れ。話すことはなにもない」

「なにもない？　十年以上も会っていなかったのに？　話すことがないなら、なぜ俺の前にあらわれた？」

「美馬局長より、おまえの殺傷許可を頂戴したからだ」

カノウは拳銃を握ったままおどけて、わざとらしく両腕を広げて見せる。

「触覚が特化して超発達した左近に、ライフル発砲の衝撃が耐えられるか？　脳まで達して死ぬぞ？　俺は心配だ」

「美馬局長とＰＣＢ東京のためにおまえを消せるなら死など容易《たやす》い」

左近のひとことでカノウは笑みを消し、拳銃を構え直した。

「あの男が左近にかけた洗脳を、どうすれば解けるか、考えない日はなかったよ」

シャーーッ！　グァアッ、と白慈は牙を剥く。

廓が目の前にいるのに、一度は届いたのに、殺せたはずなのに、届かない。

爪の伸びた手で空《くう》を滅茶苦茶に掻いた。

「白慈っ……」

宗玄が苦しそうに名を呼ぶ。

もう、この手で廓を殺せない。

飽和状態のノイズが決壊するとわかって、白慈は叫ぶことしかできなかった。

「廓ッ！　俺はきさまを絶対に許さねえ‼　死んで灰になっても‼」

「――っ⁉」

左近とカノウが同時に銃器を取り落とす。佗助が片膝をつく。

駆け寄ってきた真幌が佗助の背を摩りながら言った。

「宗玄さん！　これはっ、ゾーン落ちの連鎖反応――」

「そうだ、ゾーン落ちしかけている白慈の影響だっ。五感が暴走するぞ、今すぐ離れろ！」

数台のパトカーと救急車のサイレンが近づく。

シャン……、と清《す》んだ音を奏《かな》で、天井から黒麒麟が舞い降りる。獣身化したカノウは一瞬で姿を消した。

宗玄が白慈を強く抱き直す。後頭部に大きな手がまわってくる。

「左近っ、斑目！　ゾーン落ちするな！　小泉っ、気をつけろ、被害者を頼む。行ってくれ！」

「はい！　白慈くんをお願いします！　白慈くんっ、犯人なんかに負けないで、絶対に戻ってきて……信じてる、待ってるからね！」

暴走の果て、五感が壊れていく。

真幌の痛ましいまでの涙声を最後に、世界が無音になった。

視界が黒く塗り潰され、匂いが消えた。

「白慈」

額と額が触れ合う。わずかに残った触覚だけが宗玄の存在を伝えてくる。

「……くる、わ……殺せ、ない？」

「白慈は廓を、殺さない。俺の9Aセンチネルは人の命を奪わない。類稀《たぐいまれ》な力で被害者を守り、遺族を増やさないために弛《たゆ》まぬ努力をつづけていく。これから先もずっと」

宗玄の力強い言葉で、長いあいだ張りつめていた憤怒と復讐の糸が、ふつりと切れた。

白慈が復讐を諦めても、摩耶は怒らない。

でも、白慈はたまらなく寂しくて悲しかった。

「玄……。おれ、もう……落ちたく、ねぇよ……」

「白慈っ……」

骨が軋むほど掻き抱いてくる。頬に、ナダの鱗とパーディシャの獣毛を感じた。

「つらいな。でも、つらく悲しいことはすべて終わる。どれだけ深く落ちても、俺が必ず白慈を見つけ出して連れ戻す。だから心配するな」

力を振り絞り、小さくうなずく。

光も音も、なにもない世界に、宗玄とふたり。

ナダとパーディシャもいてくれる。

だからノイズが怒濤となって押し寄せても怖くなかった。

唇に、宗玄の唇が重なるのを感じながら、白慈は夥しいノイズに呑み込まれていった。

ゾーン落ちするのはこれで何度目だろうか。ノイズに覆われた昏い精神世界の底に横たわり、まぶたを閉じる。

いつもの幻影はあらわれない。遥か頭上で、自身が生み出したノイズがごうごうと唸り、巨大な渦を巻いている。戻れないくらいの深淵《しんえん》まで落ちたけれど、宗玄を待つ白慈に恐怖や絶望はなかった。

白慈の生きかたは簡単だった。

廓を見つけ出して、あらゆる苦痛を与えて殺し、自分はゾーン落ちによって死ぬ。それだけだ。

でも、宗玄と出会ったばかりに、簡単ではなくなってしまった。

命を奪えば廓と同じところへ堕ちると諭《さと》され、人の心を失うことに初めて恐れを覚えた。

なんの未練もなかった世界に、心残りができた。

宗玄を想い、殺意が揺らいだのを憶えている。

宗玄に止めてほしいと、身勝手に望んだ。

そうして、廓を扼殺した直後に自身も死ぬという簡単なことが、とうとうできなくなってしまった。

廓の発見が、宗玄と出会うより数時間でも早ければ、白慈は廓を道連れに、いっさいの躊躇なくこの世から去っていたのに。

――俺の前にあらわれるタイミングといい、ほんとひでぇ野郎だぜ……。

――また俺のことを悪く言ってるのか？

耳に心地いい声がして、まぶたを開く。

目の前にアムールトラの前脚があった。獣身化した宗玄が、守るように白慈を跨いでいる。ふわふわの大きな体躯はとても安心できる。白慈は、爪を隠した丸い前脚に、もふ、と頬を乗せて答えた。

――そうだよ。

――悪口でもなんでもいい、戻ってきて、聞かせてくれ。できれば愛の言葉だと嬉しい。

――愛の言葉だぁ？　そんな薄っぺらいもんが欲しいのかよ。

照れ隠しにひどい悪態をついても、宗玄は嬉しそうに「白慈ならそう言ってくれると思った」と笑い、頬を舐めてくる。

アムールトラの前脚が、褐色の逞しい腕に変わった。視線を上げると、そこに紫水晶みたいに綺麗な瞳があった。

――早く戻ろう。白慈に伝えたいことがたくさんある。

うん、とうなずく。

以前のガイディングは機械的で、乱暴に腕をつかまれ、力任せに引き上げられた。

今は違う。差し伸べられた大きな手に自分の手を重ねると、優しく包み込んでくれた。

分厚いノイズを掻き分けて、宗玄は上へ上へと進む。遥か頭上にあったノイズの渦を、いつの間にか通り抜けていた。

白慈は一度だけ振り返り、精神世界の深淵を見おろす。宗玄のケア能力によって小さくなっていく渦の中心に、廓への殺意がぽつんとあった。それは渦に呑み込まれ、やがてノイズの渦も消滅した。

振り返るのをやめた白慈は、かたくつなぎ合った手を見つめる。

ふたりで浮上していく。淡いオレンジ色の光が見えてくる――。


「……白慈」

宗玄の声が、現実世界に静かに響いた。

筋肉質の長躯が覆い被さってきている。心地いい重みを感じながら、まぶたを開いたそこは、ボンディングルーム二号室のベッドだった。小さく灯されたブラケットライトが、裸で抱き合うふたりを淡く照らす。

宗玄と見つめ合うより早く、頬にアムールトラの鼻先と髭《ひげ》が触れてきた。ナダの白い鱗が視界に入り、ひどく焦る。

「ナダっ……」

「心配ないよ。落ち着いて眠ってる」

ナダは、彼の特等席であるパーディシャの後頭部でプゥプゥと寝息を立てていた。手を伸ばし、指先で額を撫でると、眠っていても嬉しそうにしてくれる。

「ナダが、俺とパーデに白慈の居場所を知らせてくれたんだ。白慈を喪わないために、懸命に声を届けてくれた」

鼻の奥がツンとする。パーディシャの「大丈夫よ、おれがナダと一緒にいるからね」というたまらなく優しい思念波に、うん、とうなずいた。

「パーディシャも……、来てくれてありがとな……」

すり…、と寄ってきたふわふわの獣毛を丁寧に撫でる。

瞳が潤み始めて、リビングへ向かうパーディシャの後ろ姿が、ぼやけて見えた。

「白慈」

名を呼ばれ、そっと視線を絡ませる。

宗玄は長い指で白慈の髪を梳《す》き、落ち着いた声で話してくれた。

「犯人を自身の手で亡き者にしたいと、大切な存在を奪われた人間なら誰しも思うだろう。俺も思う。多くの人はそう願っても現実にできないが、白慈は可能にする能力を持っている。……よく堪えたな。本当に、よく頑張った」

「玄っ……、――あり、がと」

宗玄が止めにきてくれて、精神世界の奥底まで迎えにきてくれて、言葉にならないほど嬉しかった。もっときちんと伝えたいのに、うまく言えない。

十二年間、どれだけ苦しくても、激怒に苛まれても出なかった涙が、今、こぼれ落ちる。

「摩耶が……いなく、なって……俺、どうしたらいいか、わからないくらい、悲しかった」

宗玄は何度もうなずき、痛いほど抱きしめてくれる。

誰にも打ち明けられなかった母親への思いを、力強い腕の中で宗玄に伝えられた瞬間、涙が堰《せき》を切ったようにあふれだす。殺意が消えた喜びと戸惑いもある。ナダをもう泣かさずに済むという大きな安堵もあった。

抱擁をゆるめた宗玄が、涙を丁寧に拭ってくれる。

「たとえ廓が法の裁きを受けても、母親を喪った悲しみや絶望はついてくる。どうしようもなく理不尽だ。でも、抱えて生き抜こう。白慈なら生き抜ける。俺が生涯そばにいる」

白慈もまた繰り返しうなずいた。

「ふいに殺意に駆られて、苦しくなるときもあるだろう。泣いてもいいし、俺に噛みついてもいい。白慈がつらくなったら、ふたりで堪えよう。もちろん、つらい時間の何百倍、何千倍もの幸せな時間を分かち合っていきたい」

「……はは。噛みつくって、なんだよ」

プロポーズみたいな言葉が物凄く照れくさくて、白慈は泣きながら笑った。笑顔を見て安心した宗玄も微笑む。

「最近、白蛇に手を噛まれたんだ。可愛い白蛇なのに、思いのほか痛かった」

優しい冗談に、いつもの憎まれ口で返したいけれど、出てこなかった。

ひとしきり泣いた白慈は、涙を遠くへ追いやり、逞しい腕をきゅっとつかむ。

「大丈夫……。もう、大丈夫。玄、ありがと……」

「ああ。俺は白慈を信じてる」

宗玄がそばにいてくれるから、この先きっと、殺意が蘇ることはない。

形の綺麗な唇が、唇に触れてくる。

柔らかな口づけのあとに、見つめ合う。

「今夜、必ず伝えると決めていた。――白慈。どうか俺と契約を」

胸が高鳴る。誰かと〝つがい〟になることを許される日が訪れるとは思いもしなかった。

大きな喜びに戸惑って、唇を尖らせてしまう。

「……やだよ、おまえみたいな絶倫ガイド。ノイズが消えたって身が持たねえ」

「白慈が契約するのに最も重要な条件だと俺は思ってる」

おどけて言って、優しく笑う。期待にきらきらと煌めく薄紫の瞳が、綺麗でまっすぐで、白慈は伏し目になり、しぶしぶを装って伝えた。

「しかたねえな……俺のものにしてやるよ」

「ははっ。丸ごともらってくれ」

こんなときまで素直になれない自分が憎らしい。でも宗玄が心から嬉しそうに笑うから、なんでもよくなった。

ふたたび唇が重なってくる。白慈は唇を開いて舌を迎え入れた。

舌を絡ませ、あやし合って唾液を飲むと、わずかに残っていたノイズが消えた。

「あ……、んっ」

乳首をチュッと吸われ、自身のものとは思えない甘い声が漏れた。慣れない愛撫に全身が赤く染まってしまう。熱を帯びた肌を撫で、吸いながら、宗玄が下がっていく。促されて脚を開いた。

宗玄は、ぴんと立ち上がった茎に余すところなくキスをする。淫らなもどかしさに、透明の蜜が次々とあふれてくる。

「白慈……」

名を呼ぶ声がペニスに甘く響き、先端の小孔から新たな蜜が漏れ出す。

「それ……、や、だって……、――あぁっ」

性器の根元までを一気に呑み込まれて、後孔をくすぐられる。ガイディングとケアのために一度つながったそこは濡らされ、ほころんでいた。

体内に入ってきた指が一本では物足りない。自身の浅ましさに悩まされるより早く、指が二本に増える。なめらかに出し入れされ、後孔の奥の器官をこりこりと掻かれるとたまらなかった。

「んっ、――あ、いく……いくっ」

恥ずかしさを忘れて夢中で腰を振り、ビュッ、ビュッ、と白い蜜を放つ。

長躯を起こした宗玄は、精液と唾液が混ざったものを口の中からこぼし、手のひらで受け止めた。白慈を見つめながら手を大きく上下させ、いきり立つ長い幹に塗りつける。そのいやらしい光景から目が離せなくなった。

白慈も、後孔に粘液を塗り込む宗玄も、興奮に息を乱している。

「あ――、……」

白慈の窄《すぼ》まりは滴るほどぬめり、柔らかく熟れきって、太く硬いペニスを難なく呑み込んだ。

宗玄が激しく腰を振るたび、くちゅっ、くちゅっ、と水音が立つ。

「はっ、あ」

「悦《い》い、白慈、強く締めてくれ……」

乞《こ》われるまま、ぬるつく内壁でペニスを締めつける。

宗玄は「…ハッ」と短い声をあげ、腰を震わせた。熱く濃厚な精液がどくどくと注ぎ込まれる。身も心も結ばれる快感に酔い痴《し》れる。

ガイディングとケアでも大量に射精しただろうに、白慈の中の陰茎はなおも硬さと長大さを保っていた。

「ま、だ……する……？」

「もっとする。白慈が欲しくてたまらない」

浅く挿入したまま、身体をうつ伏せにされた。下腹に手が差し込まれ、軽く持ち上げられる。

淫らな格好をする羞恥はまだ捨てきれない。でも深くつながりたい想いのほうがずっと強い。

白慈は両膝をついて尻を上げた。

あらわになった後孔と、硬い亀頭が密着する。次の瞬間には根元まで突き入れられた。

「あっ、あっ」

覆い被さる宗玄が、汗を纏う背に唇を押し当てる。クッションを握る白慈の手に、左手を重ねてくる。

「白慈。薬指にキスを」

「薬、指……？　左の……？」

そこは、センチネルとガイドの契約の証が浮かぶ場所だ。

宗玄の望みを叶えたい白慈は、想いを確かめ合うセックスにくらくらしながら、目の前にあ

る左手の薬指に口づける。体内でペニスがびくんと弾む。その動きに誘われて、白慈の屹立も体液を漏らし始めた。

「あ、ぁっ……、玄っ」

「白慈……っ、俺の――」

宗玄と白慈は互いの名を愛しげに呼びながら、ふたり一緒に幸せと快楽の高みへ駆け上がっていった。

6

深く穏やかな眠りから覚めて最初に聞こえてきたのは、スゥ…スゥ…というパーディシャの寝息だった。

背に、厚い胸板を感じる。頭の下には腕枕があった。

宗玄は左手で白慈の手を包み込み、眠っている。

綺麗にしてくれたのだろう、触れ合う肌はすべらかだった。アムールトラの大きな体躯がゆるやかに上下するたび、腕や膝にふわふわの獣毛が触れてくる。

まぶたを閉じたままの白慈は、宗玄とパーディシャに挟まれていることに気づき、どうりでよく眠れたはずだと微笑んだ。

十二年ものあいだ身のうちに蟠《わだかま》り、精神を苛みつづけた怒りと強烈な殺意を、今は思い出すことができない。少しの寂しさと、どこか晴れやかな思いを抱きながら、白慈は心地いい空間でしばらくまどろんでいた。

そうしてまぶたを開き、目の前にある宗玄の左手を見て叫んだ。

「うげーっ！」

びっくりしたパーディシャの毛がボフンッと膨らむ。

もこもこになった獣毛から、寝ぼけまなこのナダがニュッと出てきてあくびをした。

「いきなり、奇妙な大声を……、出すな……」

まだ半分眠っている宗玄が掠れ声で言い、優しく抱きしめてきたが、それどころではない白慈は跳ね起きた。

「どっ、どう、なってんだ？　こんなの嘘だっ」

狼狽する白慈が心配になったのか、宗玄が眠そうに上体を起こす。

「……大丈夫か？　なにがあった？」

「見るな！」

「なにを？」

寝起きとは思えない身のこなしで、白慈の渾身の体当たりをサッと躱《かわ》した宗玄は、自身の左手に視線を落とし、薄紫の瞳をきらきらと輝かせた。

「なんという美しさだ……」

感嘆の息をつき、左手を掲げる。その薬指に模様が——センチネルとガイドの契約成立の刻印が浮かんでいた。

ヘナタトゥーに似た模様は、センチネルの所有欲が強いほど範囲も広くなる。白慈がこれまで多く見てきた、幅三センチ前後の模様など比ではない。緻密《ちみつ》な蔓草模様が、褐色の長い薬指の先から根元まで広がっていた。

「俺と白慈の契約の証……これほど広範囲のものは初めて見る。俺のセンチネルは熱烈だ」

薬指に愛しげに口づける様子を目にした瞬間、ボッという空音《そらね》とともに顔が熱くなった。

「やめろー！」

怒鳴っても、宗玄はにこにこするばかりでまったく聞いていない。

白慈は、佗助と契約した真幌の、指先から根元までびっしり詰まった蔓草模様を思い出す。

『おーおー、ド派手にマーキングされやがって』

『山狗の野郎、どんだけ所有欲強えんだよ』

真幌をからかい、佗助の猛烈な所有欲に引いたのは、ついこのあいだのことだった。

白慈は文字通り頭を抱えた。佗助と同等かそれ以上だなんて断固として認めたくないし、真幌には絶対に知られたくない。

　頭を抱え懊悩する白慈を放って、パーディシャとナダが「見せて」「ねつれつ」と楽しそうに宗玄の左手を覗き込む。

　白慈の涙腺は、いよいよおかしい。恥ずかしさと、宗玄とパーディシャとナダが仲よくしている風景を微笑ましく思ってしまった謎の敗北感で涙が滲んできた。

　宗玄が「ははは」と軽快に笑いながら目許を拭ってくる。無性に腹が立ち、ズビッと洟《はな》を啜って八つ当たりした。

「おまえのっ、せいだろっ」

「うん、そうだな、俺のせいだな。薬指いっぱいの美しい模様を見ると、素直じゃない〝つがい〟への愛しさが止まらなくなる」

「だから、そういうのやめろって……！」

　唇や頬や首許に立てつづけにキスしてくる顔面を押しのけたとき、グゥーと腹が大きな音を立てた。

「ゾーン落ちしてしまったから空腹だよな。いつもの倍量を摂取しなくては。食堂へ行ってくる。なにが食べたい？」

「……………」

　奉仕を苦に思わないらしいガイドは、ベッドを出ていそいそとクローゼットを開け、白慈の

Tシャツやジャージパンツを取り出しながら「和食にするか？　丼ものは？」などと訊いてくる。

「……前、車の中で食った、弁当……あれ、けっこうよかった」

「そうか。よしっ、行ってくる」

白慈の涙腺と同じように、宗玄は表情筋がおかしくなってしまったに違いない。先ほどから頬がゆるみっぱなしである。シャツとスラックスを身につけて、足取り軽く部屋を出て行った。

「大丈夫か、あいつ」

服を着てすぐ手持ち無沙汰になった白慈は、パーディシャの獣毛の先をねじって時間を潰した。するとパーディシャとナダが同時に反応し、にこにこ笑って「そうげん、くすりゆびの模様」「みんなに、じまんしてる」「みんな笑顔で大よろこび」と白慈に伝えてくる。

「最悪だ。子供みたいなことすんなよ、おっさんのくせに」

絶対に食堂を透視しないと決め、顔面をパーディシャの首許にボフッと埋めた。

「おまえのもふもふ、たまらねえなぁ……」

パーディシャは縞模様の長い尾を白慈の背にまわして「おれのもふもふ、はくじとナダだけのもの」と伝えてくれる。

「なんだそれ……、最高じゃねえか……」

心穏やかに過ごせる日が来るとは思いもしなかった。

それは、タワーに来た七歳の夜に諦めたことだった。

宗玄とパーディシャが齎してくれた、幸せという不慣れな言葉に、ほんの少しだけ怖くなる。

また涙が滲みそうになって焦ったが、腹が大きく鳴り、宗玄が戻ってきたので助かった。

「はらへったー！」

ナダを頭に乗せた白慈は、パーディシャと一緒にリビングへダダッと走り、椅子に座る。

「シェアするつもりで持ってきたけど白慈が全部食べてかまわないよ」

ラウンドテーブルの真ん中に、大きなボウル山盛りのグリーンサラダと、二種類のドレッシングが並べられる。宗玄は変わらず甲斐甲斐しい。オニオンスープをそれぞれの席に置き、ベジフルウォーターをグラスに注いだ。

白慈の前に置かれたウッドプレートには、三百グラムほどのおろしハンバーグ、半熟卵、蓮《れん》根《こん》と南瓜《カボチャ》の胡麻和《ごまあ》え、鮎《わかさぎ》とブロッコリーのレモンマリネ、みっつの肉巻き握りが盛りつけられている。

パーディシャが当然のようにぴったりくっついて座った。ふんふんと鼻を鳴らし、料理と白慈を忙しなく交互に見てくる。

「それやられたら食いづれえんだって……。いつもなんなの？　メシ食いたいの？」

「自分より小さい身体に、食べ物がどんどん吸い込まれていくのを見るのが楽しいんだろう」

にっこり顔のパーディシャに「俺のほうがでかいわっ」と言い張り、いただきますと手を合わせる。

食事を始めた宗玄と白慈は、廓やカノウのことにあえて触れなかった。それは局長室で話せば充分で、ふたりのなにげない会話を大切にしたかった。

「俺が東京局に異動となると、国際ＰＣＢ機構のお偉方《えらがた》は寂しがるし、それ以上に白慈に会いたがる。急いでないが、いつかは一緒にオーストリアへ挨拶に行ってくれると嬉しい。おっとりした爺さんばかりだから気負うこともないよ」

「オーストリアなんか無理じゃねえ？　……あっ、そうか！　玄と一緒なら俺も飛行機に乗れるんだ。俺、覚醒前に国内線に一回乗っただけだし、ほんと子供だったから記憶もあやふやだし……そっか、飛行機で外国かぁー」

「楽しみだな。まずはパスポートを取ろう」

「なぁなぁっ、玄がよく行くのってシチリアのビーチだったよな？」

前のめりになって訊くと、宗玄は急に満面の笑みを消し、すっと目を細くした。

「よく行くなんて言ってない。ごくたまに行くと言った」

「俺を連れてよく行くようになれよ。早く行きてえな、海外のビーチって天国じゃねえ？　ビキニのねーちゃんがわんさかいて、中にはトップレスのねーちゃんが――」

「そんな邪《よこしま》な目を持つ奴は連れて行かない」

「なんでだよっ！　ビーチなんぞスケベ心だけで行くと決まってんだろが」

白慈は真面目に異議を申し立て、まぶたを半開きにする宗玄も本気で「絶対に連れて行かない」と強く却下した。

「俺はビーチよりも古城や遺跡、寺社仏閣や庭園を巡るほうがずっと好きなんだ」

「ふーん。なんか意外だな。行くなら付き合ってやってもいいぜ。でも美人のねーちゃんがいっぱいいるビーチにも連れてけ、絶対」

宗玄の「しつこい……」という冷ややかな視線を無視した白慈は、大量の食事をぺろりと平らげた。

食器を片づけてバスルームへ行き、ふたり横並びで歯を磨いて、髪を整える。

白慈は、シェーバーで髭を剃《そ》る宗玄の横顔を見て言った。

「なに？　緊張でもしてんのか？」

「そりゃ少しは。美馬局長は曲者《くせもの》で手強いからな。――俺たちは今後も美馬局長のもとで働く。蟠りを残さないために、白慈も局長に言ったり訊いたりしておいたほうがいい。ただし『殺す』や『ふざけんな』は駄目だ。紫色の火花も出してくれるなよ」

「そのふたつが言えねえなら黙っとく」

「局長はもちろん必要なことは説明するが、多くは語らない。まぁＰＣＢという組織自体が秘密主義の権化《ごんげ》だしな。俺もできるだけ早く穏便に話を済ませたい。ぜひ協力してくれ」

「わかった」

宗玄と白慈と、ナダを背に乗せたパーディシャは、ボンディンググルーム二号室を出た。

局長室ではダークグレーの三つ揃いを着た美馬がソファに座り、八咫烏の黒い羽を撫でていた。

宗玄と白慈がローテーブルを挟んだ向かいのソファに並んで座ると、八咫烏は悠々と羽ばたき、執務デスクに置かれた香木へ移る。

美馬の視線が、宗玄の左手に注がれた。

「契約成立、おめでとうございます。ＰＣＢ東京により一層の貢献を――白慈と興津守君に、大いに期待しています」

あらゆる思惑や目論見も、７Ｓガイドが東京局所属になった会心と高揚も、すべて巧みに腹《ふく》蔵《ぞう》し、冷艶に微笑む。美馬の老獪《ろうかい》なさまが不気味で、気に食わない。白慈は早々に紫色の火花が出ないよう耐えなければならなかった。

宗玄と美馬は、昨夜の諍いがなかったかのように言葉を交わす。

「本日中に興津守君から連絡する旨、興津守家の使者の方々に伝えました」

「承知した。連絡を取り、本家を訪問する意思があると伝える。日程を決め次第、美馬局長に報告する」

「お願いします」

伏し目でだらりと座る白慈は、美馬が寄越してくる強い視線を無視した。

「白慈の到着が早かったことと、小泉君の止血処置により、昨夜の被害者女性は大事に至らずに済みました」

美馬は白慈の拒絶をまったく気にせず淡々と話し始める。

「短期間に複数の殺傷事件を起こした廓の逮捕は、大きなニュースとなっています。彼の過去の犯罪を、メディアが取り上げ始めました。貴方たちがこれらの情報に触れる必要はありません」

「俺たちはネットニュースもテレビもいっさい観ない。いずれ報道されなくなる。どの事件もそうであるように」

「興津守君の言う通りです」

ふたりは白慈を落ち着かせるように言ったが、どうしても胸がざわめく。

パーディシャが、もふ、と顎を膝に乗せて「大丈夫よ」と伝えてくれる。ナダの鱗を撫でた白慈は、ふわふわの獣毛に指先を埋め、宗玄と美馬の会話を黙って聞いた。

「廓の身柄は、佗助と小泉君が警察に引き渡しました。確保の際、佗助は廓の右手と右腕を粉砕骨折させせました。許可を得て那雲主幹が緊急オペに立ち会いましたが、骨は粉々になり、筋肉も腱も激しく損傷し、手術を重ねても再生・回復の見込みはないそうです」

「それほどまでに強い力を加えていたとは……斑目を止められず申し訳ない、白慈以外のことに目を向ける余裕がなかった。左近と斑目は白慈のゾーン落ちに連鎖反応を示していたが、大丈夫だっただろうか?」

「問題ありません。センチネルを止めるのはバディの役目です。仕事を果たせなかった旨、小泉君が報告に来ました。当然のことながら、現行犯確保の際の暴力は厳禁です。今回は看過できず、佗助と小泉君を二日間の停職および減給の懲戒処分としました。これに対し、両者は不服申立てをおこなわないとの意思を示しました」

「小泉が自分から報告を?」

「はい。小泉君によれば、佗助は『この獲物は、もうなにも持たなくていい。ペンも箸も、ナイフも』と言ったそうです」

宗玄と同じように、自慈も、佗助と真幌の思いがけない言動に驚いた。

「ただの肉塊となった腕を引きずって過ごすか、切断するかは廓が決めることです。いずれにせよ、この先、長いとは言い難《がた》い生涯において、彼が右手でなにかをつかむことは二度とありません」

「斑目なりに始末をつけたと……理解していいだろうか、局長」

美馬は「そうですね」と穏やかに答えた。

「昨夜、佗助と小泉君を招集し、緊急事案の概要を説明しました。佗助は廓に対して、なにかせずにはいられないほどの憤りを覚えたのでしょう」

一瞬の沈黙が訪れて、白慈は考える。

縄張り意識が強く、普段から疎ましく思い合っているセンチネルのために、白慈はそこまでできるだろうか。寡黙《かもく》な佗助の、ほとんど変わらない仮面みたいな表情の奥に、熱い感情があったと知る。少し落ち着かなくなって、隣のソファに座る宗玄を見ると、微笑して小さくうなずいた。

美馬は変わらず淡々と説明をつづける。

「白慈と興津守君が初動捜査に立ち会った、ベイエリアの埠頭での殺人事件。昨日の昼に発覚した、同じベイエリア内での類似の殺人事件。昨夜のビル火災――これらも廓の犯行によるものでした」

「なにっ……白慈が遺体の残留思念を読み取った、あの緊急事案もか？」

宗玄と白慈は驚愕し、目を見交わした。あのとき五感が暴走しそうになって倒れたのは、無自覚のうちに廓の存在を感じ取っていたからかもしれない。

「ビル火災も？　白慈と椎名が救助した女性たちに、ナイフで裂かれたような傷があった。それも廓が？」

「はい。廓の左腕の切創は本人がつけたものでした。現時点では憶測に過ぎませんが、ビルでの切り裂き行為では思うような満足が得られなかったため、衝動が抑えられず、急ぎ次の犯行へ移ったのでしょう。今度こそ極刑は免れません」

美馬は、極刑という強い言葉で話を切った。

「白慈」

見据えてくる美馬を、赤い蛇眼で睨み返す。

「廓に、死を以て贖《あがな》わせる——目的は同じでも、白慈と私では手段が大きく異なっていました。当局が汚名と不利をいっさい被ることなく、司法の力で廓を死に至らしめる。私はその一択でした」

すべてはPCB東京のため——瞳を細めてささやく美馬の、冷然とした微笑。

白慈は寒気と苛立ちを覚えながら言い放った。

「自分の思い通りになって満足か？　俺は今回のあんたのやりかたを絶対に認めねえ」

「白慈の怒りは承知しています」

パチ、と紫色の火花が小さく弾けた瞬間、パーディシャが「はくじ、がまん」と抱きついてくる。宗玄が白慈の肩を撫でて宥め、話を切り替えた。

「十七月夜《カノウ》について訊いても？」

「伺います」

カノウの名を出しても美馬は眉ひとつ動かさない。

宗玄も動じずに話す。

「俺は各国のPCBを巡ってきたが、カノウという名前の異能者はどの局にもいなかった。国際PCB機構は、〝PCBに対抗する集団〟の存在を、複数の国で確認している。確認した集団のほかにも潜在すると見ている。日本に敵対組織が存在してもおかしくはない。非常に驚きはするが――それがカノウという認識で間違いないだろうか？」

白慈は心の中で驚愕する。PCBに対抗する組織があるとは考えたこともなかった。

冷静に話を進めてくれる宗玄に加勢したくなり、口を開く。

「……思い出した。たしか、あの野郎『PCBなどという低俗な組織には属していない。階級もない』って言ったんだ。玄と俺に、『我々のもとへ来い』とか」

「俺も同じことを聞いた。根拠は不明だが、カノウは白慈を自身側へ引き入れたと確信していた。ついでに俺が手に入れれば奇利《きり》だと」

「やたら『我々』って言ってたぜ。何人か何十人か知らねえけど、黒麒麟のほかにもいるってことだ。この前のホテルのパーティー会場で、フラッシュとか空砲とか、小細工かましてきたのはこいつらだろ？」

「左近とカノウは言葉を交わしていた。彼らは旧知の関係か？　――美馬局長も？」

ふたりがかりで質問攻めにする。

しかし、婉然《えんぜん》と微笑む美馬に当然のように躱された。

「十七月夜に関する案件は、左近に一任しています。いずれ助力が必要になるでしょうから、そのときは速やかに招集します。宜しくお願いします」

それまで手を出すな、干渉は許さないということだ。

美馬が先ほど言った『伺います』は、〝言い分は聞くが質問には答えない〟という意味だと気づく。

チッ！　と思いきり舌打ちをしたはずが、宗玄の大きな手で塞がれ、「ふごっ」と変な声が漏れた。

「承知した。局長の考えはさまざまあると思うが、助力が必要になったら最初に俺たちを招集してもらえるとありがたい。今日は白慈にメディカルチェックを受けさせたあと、車で外出する。緊急事案の対応は充分可能なのでいつでも連絡を。それでは失礼する」

びっくりするほど下手くそな作り笑いを浮かべた宗玄は、聞いたこともない早口で一度も噛まずに言った。

ナダを背に乗せたパーディシャが、執務デスクに佇む八咫烏にぺこりと挨拶し、先にドアへ向かう。白慈は宗玄に口を押さえられたまま、引きずられるようにして局長室を出た。

「白慈く一ん！　無事でよかったあ！　那雲センセー嬉しいっ！」

「……………」

　メディカル室に入るなり、那雲に抱きつかれた。

「もうっ、昨夜タワーを飛び出したときは、いよいよ白慈くんの遺体を回収する日が来てしまったって、那雲センセー泣いちゃったじゃない！　でも、でもっ、こんな素晴らしい奇跡が起きるなんて！　契約成立おめでとう！　夢みたいっ。那雲センセーも幸せ！　興津守くん、これからよろしくね！」

　七歳から世話になっているので言うのを我慢してきたが、とうとう「うぜぇ……」と口に出してしまった。愛想よく振る舞うのをやめたらしい宗玄も本音をぽろりとこぼす。

「那雲主幹のこと苦手かもしれない……」

　べったりくっつく那雲は、医師のくせに緊急メディカルチェックの受診を邪魔してくる。苦笑する医療スタッフたちに見られながら引き剥がした。

「白慈さん、お待ちしていました。こちらへ」

　いつも通りスタッフに誘導されて、心電図検査、脳波検査、ＣＴとＭＲＩ、ノイズ測定などのチェックを受けていく。

〝ガイドを壊して使い捨てにする〟という噂がある白慈は、メディカル室に来るたび、発達した触覚で医療スタッフたちの恐怖をとらえてきた。

しかし、今日は少し違うようだった。

採血のため腕に触れてくる女性スタッフからは、不必要に白慈を避けていたことへの後ろめたさや、戸惑いを感じる。後頭部に止まっている髪飾りみたいに美しい揚羽蝶《あげはちょう》が、彼女の伴獣だ。緊張からか、まだ白慈が怖いのか、指先が冷たい。

白慈はふっと笑い、流し目を向けて言った。

「そんなびびんなって。取って食いやしねえよ」

「いえっ……、すみ、ません……」

「アゲハチョウか。可愛いな、似合ってる」

医療スタッフは耳まで真っ赤にした。そして、なぜか白慈は宗玄に叱られた。

「へ？」

「思わせぶりなことを言うな、するなっ」

「まったく、おまえは本当に油断ならない」

「なにがだよ？　あんなもん日常会話じゃねえか」

検査を受け終えて診察室へ移動し、やいやい言い合っていると、タブレットを持った那雲が勢いよく入室してくる。

「白慈くんと興津守くんの適合率が出たよ！」

弾んだ声で言い、椅子に座る白慈にまたべったりくっついた。

「驚異の九十二パーセント！　ゾーン落ちした直後なのにレッドラインを超えないのは、〝つがい〟になった興津守くんが白慈くんの能力と精神を〝超安定〟させてるからだよ。すごいなぁ……。獣身化できるうえ、９Ａを相手に適合率九十パーセント台を出すなんて……ほんと、興津守くんの身体どうなってるんだろ？　研究したいなぁ」

踊りだしそうなほど上機嫌なメディカル室主幹の、最後の言葉に、宗玄と白慈は揃って肩をブルッと震わせた。

「なぜだろう、那雲主幹から『研究』と聞くと寒気がする……」

「九十二パーって、山狗と真幌のとこより低いじゃねえか。たしか、あいつら九十パー後半だったろ」

「ええっ、最高位９Ａセンチネルと特別階級７Ｓガイドで適合率九十二パーセントだよ？　名実ともに世界最強の〝つがい〟だよ？　ＰＣＢ国際医療カンファレンスで発表するレベルの奇跡です。これ以上なにを望むの、わがまま白慈くん……」

〝世界最強〟という好みの言葉に「まぁそれなら、いっか」と、にやつく。

立ち上がってタブレットを操作する那雲に、宗玄が訊ねた。

「左近は緊急メディカルチェックを受けただろうか？」

「うん、一色くんはねー、夜明け前に受けにきたよ。レッドラインぎりぎりだったけど、それはいつものことだし、ほかも異常なしだったよ。――そうそう！　一色くんから興津守くんへ伝言を預かってたんだ。『契約成立おめでとう。宗玄とバディを組めたことは貴重な経験となった。今後もよろしく』って」

「異常がなくてよかった。伝言をありがとう、那雲主幹」

「伝えるの忘れててごめんね。あとで斑目くんと小泉くんも来るよー。斑目くん、今日が定期メディカルチェックの日でさ。昨日あの子も少しだけ無理したみたいだし、ちょうどよかったよ」

嫌いな9Aセンチネルの気配を感じた白慈は、まぶたを半開きにした。

「もうこっちに歩いてきてる」

「白慈、小泉だけじゃなくて斑目にもしっかり礼を言うんだぞ、わかったな」

「へぇへぇ……」

ノックが聞こえ、診察室のドアが開く。

宗玄と那雲と白慈が同時にびっくりするような、とてつもない濁声《だみごえ》がした。

「はぐじっ、ぐんっ‼」

「真幌？　なんだおまえその顔」

ぽかんとする白慈に、涙と洟で顔をぐしゃぐしゃにした真幌が飛びついてくる。

「……僕、白慈くんが一番つらいときに、なんの力にも……なれなかった。タワーで最初に話してくれた、友達なのに」

「友達だァ？　ちげえだろ、俺は真幌の〝最初で最後の男〟だって話したろ？」

「えっ？　そんな話、したっけ？」

「なんで憶えてねえんだよっ、ついこのあいだのことだぞ？」

「もうなんでもいいや……白慈くんが笑ってくれるならそれで。元気になってくれてありがとう。ほんとによかった」

白慈の肩に両腕をまわし、ギュッと抱きしめてくる7Bガイドの力加減が、最高にいい。やはり、礼を言うなんてつまらない。

機嫌をよくした白慈は、ふふんと笑って真幌の腰を抱き、診察室に入ったときから猛烈に苛々している佗助に「べっ」と舌を出す。

真幌の頬に「んー」とキスの真似事をした瞬間、佗助がグアッと咆哮した。

「オロチ！　殺す！」

「おーおー、やれるもんならやってみやがれ、おら来いよ」

「いきなりケンカするな！　佗ちゃんのバカっ、『殺す』は禁止だって約束しただろ！」

「白慈っ、おまえいいかげんにしろよ！　斑目を簡単に止められると思うな！」

宗玄は、身長百九十センチ超の暴れる佗助を必死で羽交《はが》い締《じ》めにする。

にこにこ顔の那雲がうしろから宗玄の両肩をポンッと叩く。

「興津守くぅーん、さっそくなんだけど左指の刻印を撮らせてもらえるかなぁ？　唾液と血液もちょうだーい。ゆくゆくは精液もお願いね。ね？　精液は白慈くんに採ってもらって大丈夫だから」

変態医師の強烈な猫撫で声に、宗玄は巨躯をブルッと震わせ、泣きやんだ真幌は大きな瞳をきらきらさせた。

「ああっ、ほんとだ！　宗玄さん、契約の模様がある！　すてきー！　もっとよく見せてくださいっ。……あれ、なんだか模様すごいですね、僕と同じくらい？」

「真幌ッ！　おまえは見なくていいんだよ！」

収拾がつかなくなった異能者たちを放って、パーディシャと山狗は「大きいな」「でかいね」と立派な体躯をくっつけ合い、互いの獣毛をもふもふし合う。久しぶりに遊べるのが嬉しいナダと兎《うさぎ》は「もこもこ、つかまーえた」「んー！　もういっかい！」と追いかけっこを延々と繰り返した。

「ワードローブ室へ行こう……。パーデ、そろそろナダを捕まえてくれ……」

那雲に血液を抜かれて、唾液と涙まで搾《しぼ》り取られた宗玄がげっそりしてつぶやく。

パーディシャに咥えられ、ナダは「いやだー」と胴体をうねうねさせた。「まだナダちゃんとあそぶのー！」とじたばたする兎も山狗に咥えられる。

宗玄とパーディシャがメディカル室の自動ドアへ向かった。彼らを追う白慈は、一瞬だけ足を止め、考える。

そして、くるっと振り返って言った。

「真幌、と……ついでに、つ・い・で・に、山狗も。――昨夜ありがとな、助かった」

那雲と真幌の「ちょっと、白慈くんの赤い顔、見た⁉」「めちゃくちゃかわいいっ」という大声が背にぶつかってくる。佗助は無言を貫いた。嬉しそうに笑う宗玄が、ぽんぽんと頭に触れる。

白慈がワードローブ室へ入ると、それまで聞こえていた話し声や笑い声が一斉に止《や》むのが常だったが、今日はここも様子が違っていた。

いつも向けられる怯えの視線を、今は感じない。

ワードローブ室のスタッフたちの軽やかなささやきや熱いまなざしが、宗玄だけではなく白慈にも向けられていることに気づき、戸惑ってしまった。

「さあ、白慈くん！　今日はどんな感じの制服をお望みで⁉　選びますよ、さあ！」

「……さあ、って張り切ってるけど、おまえ」

相変わらず元気溌剌《はつらつ》なラッシュだが、宗玄の巨躯を盾にしていて、その小柄は完全に見えない。宗玄も面白がって隠している。白慈は赤い目を半開きにして言った。

「俺たちの専属スタイリストなら堂々と出てきて堂々と選べ」

宗玄が顔をうしろに向け、「だそうだよ、スタイリストどの」と優しく促した。

すぐにオレンジ色の髪が見える。ラッシュは、そばかすのある鼻をくしゃっとして笑った。

「白慈くんっ、宗玄くんも、こっちこっち」

白慈の手を引っ張り、ワードローブ室の奥へ進む。

「さっき届いたばっかりの生地、柄がすごくかわいくておしゃれなんだー」

「生地じゃねえよ、制服だって」

「制服も選ぶけど、先に生地ちょっとだけ見て！」

ラッシュが持ち出した生地は、確かに白慈の好きな柄だった。パーカーとジョガーパンツをオーダーする。三人のスタッフも加わり、皆で談笑しながら制服を選ぶ。

パーディシャは気持ちよさそうに寝そべり、彼の大きなもふもふの上では、シマリスや小さなトカゲや文鳥たちに囲まれたナダがデレデレになっていた。


真新しい制服を着た宗玄と白慈は、パーディシャとナダを連れて車に乗り込む。

途中フラワーショップへ寄って花束を買い、東京郊外の母方の霊園を訪れた。

駐車場で車をおり、白い小道を歩いていく。

「心地いい風が吹いてるな」

「うん」

季節はまた少し進み、午後の蒼天《そうてん》を吹き渡る風には若葉の香りが仄かに含まれている。

白慈は霊園の管理事務所へ行き、手桶《ておけ》と柄杓《ひしゃく》を借りた。線香は、総務室のサポートスタッフ・滝田藤太郎《たきたふじたろう》が手配してくれた。

摩耶が眠る墓の石碑は、彼女の両親によって日頃から丁寧に清められていることがよくわかった。

墓石に水をかけて花を供え、線香をあげる。

宗玄とふたり、手を合わせた。

さわさわと風が吹く。白慈の髪を軽やかに揺らし、去っていく。

宗玄の力を借りて、殺意を手放すことができた。寂しさと清々《すがすが》しさを織り交ぜた感覚に慣れるのは、少しだけ時間が要《い》りそうだった。

犯人についてはなにも報告しない。

心穏やかに眠っていてほしい。ただ摩耶のために祈りを捧げる。

ひとしきり合掌《がっしょう》した白慈は、手を下げてまぶたを開いた。

「やっと……墓参りできた。今までは、来たくても、……すげえ難しくてさ」

「……ああ。一緒に来ることができて、本当によかった」

宗玄が隣に立ってくれる喜びと幸せを噛み締める。

つらく苦しい記憶が消えるわけではない。今この瞬間も悲しみに心が痛む。だから抱えて生きていく。

宗玄がそばにいてくれるから、抱えて生きていける。

いつ捨ててもいいと思ってきた命は、摩耶が白慈だけにくれた掛け替えのないものだ。

遅くなってしまったけれど、気づくことができてよかった。気づかせてくれたのは宗玄だった。

白慈は天を仰ぐ。

青空の遥か向こうで、母親が微笑んでくれたように視えたのは、勝手が過ぎるだろうか。

「白慈？　もう帰るのか？　せっかく来たのに」

「長居して感傷的になるのは柄《がら》じゃねえなー、って。……でも、また、連れてきてもらえると、嬉しい」

宗玄は白慈の言葉に被せぎみに「もちろんっ」と言った。

「何度でも来よう。来年も再来年も、その先も。葉山のホスピスへも行こう」

「うん。……ほんとありがとな、玄」

手桶と柄杓を返却し、霊園をあとにした。

パーディシャが跳ねて、楽しそうに紋白蝶《もんしろちょう》を追いかける。

紋白蝶はナダの頭にそっと触れ、飛んでいった。

宗玄が手を差し出してくる。恋人同士のやりとりに慣れなくて、どうしようもなく照れくさ

いけれど、手を取りたい気持ちのほうが強い。

手をつないだ宗玄と白慈は、ゆっくりとした足取りで駐車場へ向かった。

「だりぃー！　玄も紅丸もなんでいちいち英語で話すんだよ、ここは日本だぞ、日本語でしゃべれっ。というか早く代われ！」

「ははっ、聞こえたか、紅丸？　クレームが出たので代わる。――ではまた近いうち」

宗玄はスマートフォンを白慈に手渡し、車を発進させた。

使い慣れない携帯電話を両手で持って耳に当てると、あの甘ったるくて心地いい声が聞こえてくる。

『白慈っ、契約成立おめでとう！　サードが日本にいるって白慈から聞いたとき、運命的な出会いだなって勝手に思ったの。もしかしたらって予感がしたけど、まさかほんとに〝つがい〟になるなんて！』

「俺が一番びびってるわ……」

『ふふっ。……本当に、よかった。涼一も那雲先生も、僕も、白慈のことがずっと心配だったから。でも白慈とヤラシイことできなくなっちゃったね。楽しくて気持ちよかったから、それだけちょっと寂しいかな』

「スケベなんか幾らでもできんだろ。契約したら、玄のケア能力が俺にしか効かなくなって、俺も玄のケアしか受け付けなくなるってだけだし。俺と玄と紅丸でどろっどろのエロい3Pとか、めっちゃ気持ちよさそ——痛《い》でーっ！」

運転中にもかかわらず宗玄が殴りつけてくる。「紅丸も、なにが『いいねぇ最高！』だ、本気で怒るぞ」と、すでに怒っていた。

『あははっ、聞かれちゃった。サードってそんなに怒るんだ。知らなかったー』

「全員に愛想よくすんのやめたらしい。次、東京局に集まったとき、厳正な多数決で決めようぜ。俺と紅丸が手を組めば勝てる」

『そうしよっ。——白慈とサードと、ゆっくり話したい。仕事の依頼があったらすぐPCBトーキョーへ行くね』

「おう、待ってる。身体に気をつけろよ。無理なガイディングやケアすんなよ。またな」

ひどく惜しみつつ通話を切る白慈に、じっとりした視線がわざとらしく向けられた。

「ずいぶん深い仲だったんだな。妬けてくる」

「あったりめーじゃねえか、那雲センセーに調べてもらった俺と紅丸の適合率、八十パー後半だぜ？」

宗玄よりも白慈のほうが紅丸と仲がいいのだと、張り合いたくなってしまうのはどうしてだろう。そして、なぜ宗玄は露骨にムッとするのか。

「本気で怒るところじゃなくねえ？　振ってきたの玄だし」

「おまえは……本当に、油断ならない。対策を立てなくては……」

「それメディカル室でも言ってた気がするけど、なんなんだ？　対策とかより、さっきの電話、実家の件どうなった？」

霊園をあとにして駐車場に着いた宗玄は、先に白慈を助手席に座らせ、車の外で興津守家へ電話をかけた。

「明々後日《しあさって》、安曇野の本家へ行くことになった。訪問は一度きりだ。祖父や父らの十年分の文句を甘んじて受けてくる」

「興津守は何十年ぶりに〝異能者の進呈〟ってのができるんだろ？　礼を言われるならまだしも、なんで玄が責められなきゃならねえんだ？　よし、俺も行く。言ってやるよ、『9Aセンチネルであるこの俺のものになったんだ、ぶつくさ言わねえで黙って見とけ』ってな。おっさんたちに文句なんか言わせるか」

「ははっ！　頼む、素晴らしく心強い。まさか本家に帰るのが楽しみになる日が来るとは。考えたこともなかった」

「腹立たねえの？　玄は美馬サンに嵌められたようなもんだろ」

「いや、まったく。白慈と契約して東京局所属になるのは俺の強い意思だ。それに、白慈と一緒にいられるなら局長の術中に嵌まるのも本望だよ」

甘い声でさらりと言われて、不覚にも頬が熱くなってしまった。

微笑んだ宗玄は、前方を見たまま表情をあらためる。

「でも昨夜は怒りが抑えられなくて、読心力を使ってしまった。――局長に思考を読まされたと言ったほうが正しいが」

「美馬サン……、なんて？」

宗玄は「うん」と、一呼吸を置いた。

「異能者である白慈が廓を殺せば、ＰＣＢ東京が取り返しのつかない汚名を被ることになる。再犯するまで廓を泳がせ、確保。東京局を守るためなら手段は選ばない。白慈を抑え、廓を極刑へ追い込むためには多少の犠牲もしかたない、と――」

首を横に振り、色斑のある髪が激しく揺れる。

悔しさに、拳を握りしめる。助けられたはずの命があったということだ。

「犠牲なんかあってたまるかっ。おかしすぎるだろ。美馬サンのやりかたは許せねえ」

「淡々と実行できるのが恐ろしい。――ただ俺は、美馬局長を一概に責められない。廓の居場所を、局長が早い段階で白慈に伝えていたら、俺は出会う前に白慈を喪っていた。昨夜聞いたときは酷なことをすると苛立ったが、今は、理に適っていたとも思う」

信号が黄色から赤へ変わり、宗玄は車をゆっくり停止させた。

「さっき言っていた『すべてはＰＣＢ東京のため』が、美馬局長の本心なんだろう。でも、白慈を喪いたくないという思いが、確かにあった」

「そんなわけない。美馬サンも俺たちを人間兵器と思ってる。誰が死んだって関係ない、新しく覚醒したセンチネルをタワーへ連れてくるだけだ」

「違うよ、白慈」

淡い褐色の大きな手が、白慈の手に重なってくる。

「局長室で最初に会ったとき、俺が『特にこの二年、美馬局長は頻繁に交渉を持ちかけてきた』と話したのを憶えてるか？　なにか事情があるんだろうと思わせるような、熱心な交渉だった。二年前からだ……白慈が自分の意思でガイドを遠ざけ始めた時期と重なってないか？」

「………」

「廓を秘密裏に監視することも、俺を東京局に取り込むことも、白慈を生かすための手立てだったんだ」

「めっちゃ美馬サンの肩持つな……」

宗玄の見解はわかるが、美馬を許す気にはならず、不服の視線を向けると、宗玄は「肩なんて持ってないよ」と小さく苦笑した。

「渡り合うのが難しい曲者だと思ってる。どこからどこまでが美馬局長の計略なのか、わからない。深読みすれば、白慈と俺を餌に、カノウを誘き出した可能性も考えられる」

「恐ろしいおっさんだ、しばらく関わりたくねえわ」

「そうだな。今回の件、美馬局長のやりかたは一部が非常に後味悪く、納得できない。うまく切り離して、執行班の仕事に集中しよう」

信号が青になり、宗玄は車を走らせる。

パーディシャが「はくじ、撫でて」と助手席のショルダー部分に顎を乗せてくる。もこもこの額を指先でぐりぐりしながら言った。

「黒麒麟の目的がさっぱりわからねえけど、美馬サンの大好きなPCB東京は大丈夫か？　――対抗する集団がいるとか、敵対組織とか、考えたこともなかった。俺、PCBに興味なさすぎだった」

「異能者の歴史は無駄に長くて、想像もつかない出来事が起きていたりする。極めて稀だが、敵対組織がPCBに取って代わった実例もある。対抗集団が消滅することも多い。調べようとしていた『東京局周辺の不審な動き』が、カノウだった……国際PCB機構に報告しづらくなってしまったな……」

「ほんとに黒豹と黒麒麟がしゃべってたのか？」

「ああ。確か、『十年以上も会っていなかった』と……。あのとき俺も物凄く混乱していたから間違ってるかもしれない」

「ふーん……」

パーディシャの獣毛をねじりつつ考える。

ＰＣＢに興味が皆無だったとはいえ、タワーで十二年も過ごしている白慈がなにも知らないのは不自然だ。

「たとえば、俺がセンチネルに覚醒する前に、東京局でデカい事件があって、それに美馬サンや黒豹や、黒麒麟まで関わってる、とか？」

「同じことを考えていた。十五年から二十年ほど前か……昔ではないし、いろいろ調べがつきそうだ。が――」

「美馬サン、干渉は許さねえって空気ビシバシだったよな。玄が言ってた、ええっと、『秘密主義の権化』ってやつ、まさにそれ」

宗玄は口をへの字に結んでうなずく。

そのときスマートフォンが大きな着信音を立てた。

「タワーからだ。緊急事案だろう、スピーカーにしてくれ」

スピーカー機能をオンにすると、橘の凛とした声が緊急事案を告げる。

『江戸川区《えどがわく》の雑居ビルで立て籠もり事件発生。情報処理班の報告から四分が経過しています。犯人は一名、拳銃を所持。人質はいませんが再確認が最優先項目となっています。一色さんより、獣身化が可能なおふたりにお任せしたいとのことです』

「余裕。現場に着いて十分で片づけてやる」

「あと十分ほどで江戸川区に入る」

『了解しました。該当住所を興津守さんのスマートフォンに送ります。お気をつけて』

いつも通りの、橘の端的な伝達と型に嵌まった言葉が、白慈には心地よかった。

自身が執行班のセンチネルであることを思い出させてくれる。

プラチナブロンドを掻き上げた宗玄も、仕事の顔に切り替える。

「俺たちバディはこれからもPCB東京局に所属し、執行班の仕事をつづけていく。被害者をひとりでも減らすために。その思いを強く持っていれば、カノウがなにを仕掛けてこようが撥ね返せる」

「おう！　望むところだぜ」

パーディシャが機嫌よくガウーッと吼えて、ナダが肩に巻きついてくる。

「よし、現場へ急ごう」

「二十分後には処理完了な！　んで、今夜は外で美味いメシ。中華がいい」

「わかった。ケアもしっかりとな」

揺るぎない想いで結ばれた最強のセンチネルとガイドは微笑み合う。

宗玄が運転する車はスピードを上げて、茜色に染まる都心への道を走り抜けていった。

あとがき

こんにちは。鴇六連です。『東京センチネルバース －蛇恋は不夜城に燃ゆ－』をお手に取っていただき、ありがとうございます。

なによりも先に、皆さまへ有り丈の感謝を……。前作『東京センチネルバース －摩天楼の山狗－』を読んでくださり、続編希望のお声をたくさん届けてくださったおかげで、スピンオフ作品を書くことが叶いました。本当にありがとうございます！

白慈の物語とともに十周年の節目を迎えられるなんて、夢のようです。スピンオフ作品の刊行に踏み切ってくださったダリア編集部さま、担当さまの数々のご高配、そしていつも格別のお力添えをくださる羽純ハナ先生に、深く感謝申し上げます。

月並みな言葉になってしまいますが、感謝してもしきれません。本当にありがとうございました。

前作のあとがきで触れました通り、東京センチネルバースは〝お洒落で格好よくて、獣身化もできる男子たち〟をテーマに、羽純先生のイラストをもとに考えたお話です。

宗玄も白慈も、ラフイラストからすでに美しくお洒落で、色気たっぷりで、感嘆の溜め息ばかりついていました。そして、なくてはならない、羽純先生が描かれる唯一無二の素晴らしきモフモフ！　前作につづき今作も「きぃー、白慈とナダが羨ましいっ」なんて思いながら、たくさんモフモフさせました。

自著は時折、厳しい状況を設定することがあります。今回も、白慈に物凄く苦しい思いをさせてしまいました。自分では到底乗り越えられない出来事を、ＢＬのキャラたちに乗り越えてほしい、乗り越えられるキャラだからこそ読者さまに長く愛していただける、という思いがあります。（ただの親馬鹿ですね……。）

宗玄のフルネームについては、白慈に「長ぇ」って言わせたいなー、という考えだけで決めました。センチネル攻×ガイド受は王道、ガイド攻×センチネル受はオイシイと勉強しましたが、まさにその通りでした！　スーパーガイド攻の宗玄と、最強だけど脆いセンチネル受の白慈、最高であります。（親馬鹿、二回目。）

前作の主人公・佗助と真幌を活躍させることができて嬉しかったです。真幌はガイドとして少し成長しました。美馬局長は黒い部分が露呈して（コワイ……）、那雲先生は相変わらずでしたね。一色さん、紅丸、ラッシュ、橘さん、天原、椎名さんと芙蓉くん、笹山さんと滝田藤太郎も名前を出すことができました。

宗玄と白慈の物語の軸がぶれないよう気をつけつつ、サブキャラたちの見えない部分を、面白く想像していただく余地を作ることが理想ですが、いかがでしたでしょうか……。一色さんは攻なの受なの？　丁寧にケアしてくれるガイドって誰？　芙蓉くんの恋ってかなり一方通行っぽいな、頑張れ……など、ぜひ楽しく想像してくださいませ。
そして今作には〝白慈よ、スケベであれ〟という裏テーマがありました。白慈は快楽に弱い子で、わりと軽率にエロいことをしてほしいというのが、著者の個人的な願望です。前作で真幌に「よし、じゃあ景気づけに一発、しゃぶり合いでもするか」と言っていますし……。(軽率にエロいことをするというのは、今は宗玄限定です。そうでないと著者が宗玄に消されてしまいます。)
宗玄と〝つがい〟になり、噂が消えたあと白慈はモテます。あのビジュアルでお洒落で強いとなれば、当然ですよね。白慈に「連れてけ!」と何度も言われて、根負けした宗玄はいずれ海外のビーチへ連れて行くのですが、そこでモテまくりの白慈と大喧嘩します。喧嘩のあとはお約束のイチャラ……末永くお幸せにー!

最後に、あらためて皆さまへ御礼を申し上げます。ここまで読んでくださり、ありがとうございました。東京センチネルバースシリーズが、皆さまのBLライフをより豊かにする存在のひとつになれていたら嬉しいです。

鴇　六連

白慈編、挿絵を描かせていただき幸せでした…！
東京センチネルバースの世界、大好きです！

Hasumi Hana

初出一覧

東京センチネルバース -蛇恋は不夜城に燃ゆ- … 書き下ろし
あとがき …………………………………………………… 書き下ろし

ダリア文庫をお買い上げいただきましてありがとうございます。
この本を読んでのご意見・ご感想・ファンレターをお待ちしております。

〒170-0013 東京都豊島区東池袋3-22-17　東池袋セントラルプレイス5F
(株)フロンティアワークス　ダリア編集部
感想係、または「鴇 六連先生」「羽純ハナ先生」係

東京センチネルバース -蛇恋は不夜城に燃ゆ-

2023年6月20日　第一刷発行

著　者
鴇 六連

発行者
辻 政英
発行所
株式会社フロンティアワークス
〒170-0013 東京都豊島区東池袋3-22-17
東池袋セントラルプレイス5F
営業　TEL 03-5957-1030
http://www.fwinc.jp/daria/
印刷所
中央精版印刷株式会社